Nuits Blanches

Étranges apparitions

Jane B. Mason et Sarah Hines Stephens vivent toutes deux à Oakland, en Californie. Elles élèvent leurs enfants et écrivent des livres pour la jeunesse.

Illustration de couverture : Colonel Moutarde

Ouvrage originellement publié par Scholastic Inc.
– 557 Broadway, New York, NY 10012, États-Unis –
sous le titre : *Poison Apple — Now you see me...*

Loi n° 49-956 du 16 juillet 1949
sur les publications destinées à la jeunesse.

ISBN : 978-2-7470-3955-0
Dépôt légal : novembre 2013
Première édition
Imprimé en Espagne par Novoprint
Achevé d'imprimer en octobre 2013

Jane B. Mason
et Sarah Hines Stephens

Nuits Blanches

Étranges apparitions

Traduit de l'anglais (États-Unis)
par Isabelle Allard

bayard poche

Prologue

« Qu'est-ce que je suis en train de faire ? » se demande Laurie.

Pourtant, elle ne peut pas s'en empêcher. Elle a l'impression que le Polaroïd attire son doigt... Alors, elle appuie sur le bouton. À son grand étonnement, l'appareil émet un ronronnement, et une photo sort de la fente, à l'avant.

– Hé ! Je croyais qu'il était vide ! s'exclame Alexia.

– Il l'est ! réplique Laurie.

Elle tire sur le morceau de papier blanc et retourne l'appareil.

– C'est vraiment bizarre, dit-elle. Il n'y a pas de film !

– Il restait peut-être une pose coincée dans le mécanisme, suggère son père en jetant un coup d'œil dans le rétroviseur.

– Peut-être..., marmonne Laurie.

–1–

– C'est pas possible ! s'exclame Laurie Gabriel.

Elle n'en croit pas ses yeux. Là, devant elle, se trouve l'objet qu'elle essaie de dénicher depuis six mois. Elle est si surprise qu'elle craint d'imaginer le petit boîtier gris, posé sur l'étagère poussiéreuse.

– Alexia ! Alexia ! Regarde ! lance-t-elle.

Elle fait signe à sa meilleure amie de venir la rejoindre dans le coin sombre du dépôt-vente.

De l'autre côté du magasin, les mini-tresses d'Alexia Sauvé apparaissent au-dessus d'un panier débordant de cravates. Elle est en train de fouiller à l'intérieur, dans l'espoir d'en trouver quelques-unes pouvant lui servir de bandeaux. Et il semble que sa recherche a porté ses fruits : plusieurs cravates de soie sont enroulées autour de son cou, deux autres, en cachemire, pendent de ses mains.

– Que se passe-t-il ? demande-t-elle à son amie.

Elle repose les cravates et se fraie un passage à travers la boutique encombrée, pour aller voir quel trésor a découvert Laurie. Alexia est une adepte des dépôts-ventes ; elle a du flair pour reconnaître les bonnes occasions.

Pendant que son amie avance entre des chandeliers bancals et des fauteuils aux pieds cassés, Laurie tend la main par-dessus une pile de vieux magazines *National Geographic* afin de saisir sa précieuse trouvaille. Elle retient son souffle tandis qu'elle sent le contact du plastique sous ses doigts.

Il y a quelques jours à peine, elle a failli abandonner ses recherches. Toutes ces heures passées dans des marchés aux puces et des brocantes semblaient ne mener à rien. Et elles avaient exigé de nombreux déplacements. Mais, comme Alexia et Laurie s'interdisent d'acheter quoi que ce soit sur Internet, c'était indispensable, si elle voulait mettre la main sur l'objet de sa quête. À présent, on dirait que c'est chose faite… Est-ce possible ? Sur une étagère, à côté d'un sac jaune et déchiré…

– Un Polaroïd Impulse ! s'écrie Alexia. Enfin ! C'est incroyable !

Laurie n'en revient toujours pas, même si l'appareil pèse dans sa paume. Toutefois, il est plus léger qu'elle ne s'y attendait, plus petit aussi.

– Est-ce qu'il fonctionne ? demande Alexia, enthousiaste.

Elle a les bras croisés sur la poitrine et les poings serrés, comme pour contenir son excitation.

Laurie ne peut que hausser les épaules. L'appareil est en bon état ; aucun doute là-dessus. Et c'est exactement le modèle qu'elle cherche depuis le mois de mars. Elle appuie délicatement sur le bouton du dessus pour mettre le Polaroïd en marche et faire sortir le flash. Elle colle un œil contre le viseur, puis ouvre le compartiment où l'on place les films.

La bonne nouvelle, c'est que l'appareil ne contient pas de vieille pellicule, ni de pile corrodée qui auraient coulé et endommagé le mécanisme. La mauvaise nouvelle, c'est qu'il n'y a aucun moyen de savoir s'il fonctionne. Laurie va devoir l'acheter avant d'avoir la réponse à cette question.

– En tout cas, il n'a pas l'air cassé…

Elle est si agitée qu'elle a des fourmis dans les doigts, et que ses bras sont couverts de chair de poule. Si elle a déjà fait de belles trouvailles auparavant, celle-ci les surpasse toutes de loin. Et à en croire l'expression de son visage, Alexia, la reine des bonnes affaires, est du même avis :

– Quelle journée ! D'abord, la boîte à biscuits, ensuite la jupe, et maintenant *ça* ! C'est sûr : cette journée restera dans les annales de la brocante !

Laurie lui sourit, les yeux pétillants. Elle prend une grande inspiration et passe la sangle de l'appareil par-dessus sa tête blonde. Elle le trouve étonnamment confortable, comme s'il était soudain à sa place. L'œil carré du viseur la fixe d'un air implorant. Laurie est soudain impatiente de rentrer à la maison avec son trésor. Elles n'ont pas encore fini d'explorer tous les recoins du dépôt-vente, mais cette envie est irrépressible. La jeune fille a le sentiment que, si elle tarde à partir, une horloge magique sonnera minuit, transformant l'appareil en citrouille et la laissant là, avec, à la place, une chaussure dans la main, ou quelque chose du genre…

– Si on passait à la caisse ? propose Alexia avant même que Laurie ait ouvert la bouche.

Quitter un dépôt-vente sans l'avoir fouillé de fond en comble n'est pas dans ses habitudes. Mais elle lit assez facilement dans les pensées de sa meilleure amie. Toutes deux se connaissent et sont inséparables depuis le CE2. Il leur arrive même de finir les phrases l'une de l'autre.

– Je vais juste chercher mon butin ! ajoute Alexia, avant de se précipiter au bout du magasin.

Laurie l'attend en trépignant d'impatience, l'appareil photo serré entre ses doigts. Alexia revient, les bras chargés des trouvailles qu'elle avait empilées dans un coin. Elle traverse la pièce, laissant des cravates traîner derrière elle, et va poser le tout sur le gros buffet qui fait office de caisse. Une femme aux cheveux gris, vêtue d'une triste robe, lève les yeux de son roman aux pages défraîchies.

– Bonjour ! déclare joyeusement Alexia.

La femme ne lui rend pas son sourire et garde le silence. Elle hoche simplement la tête d'un air las, prend un stylo et met la caisse enregistreuse en marche.

– Toi d'abord, dit Alexia en poussant son amie du coude. Ça fait trop longtemps que tu attends ce moment !

Laurie s'approche du buffet en titubant presque et lève la main pour enlever la sangle de son cou. L'appareil lui paraît plus lourd, à présent. Même après l'avoir déposé sur la caisse, elle a du mal à le lâcher. Elle s'aperçoit que ses paumes sont moites. Elle se sent aussi nerveuse que si on s'apprêtait à lui soigner une carie ou à lui faire une piqûre.

« Je suis un peu trop excitée, songe-t-elle. Est-ce que ça fait le même effet, quand on gagne au loto ? Sans doute une poussée d'adrénaline. Ou le choc de la surprise... »

Le modèle est exactement celui qu'elle voulait — un Polaroïd Impulse ; ça lui semble trop beau pour être vrai.

– Où as-tu trouvé ça ? demande la femme.

Laurie tressaille. Elle aurait préféré ne jamais entendre cette voix forte et rauque. La femme la regarde en plissant les yeux. Elle tapote l'appareil photo du bout de son stylo, comme s'il s'agissait d'un insecte venimeux.

Laurie sent son excitation retomber et sa nervosité monter d'un cran.

– Je... je..., bégaie-t-elle, sans comprendre pourquoi.

Elle recule d'un pas et heurte Alexia. Le bras de son amie va frapper la pile d'objets sur le bureau, dont la moitié glisse par terre. La femme ne prête pas la moindre attention à l'incident.

– Où l'as-tu trouvé ? répète-t-elle d'une voix stridente.

Ses yeux d'acier, plissés derrière ses lunettes de lecture, sont braqués sur Laurie, tel un rayon laser.

La jeune fille désigne l'étagère du fond :

– Là-bas.

Elle en a la nausée. Elle veut cet appareil photo à tout prix ! Et si la femme refusait de le lui vendre ? « Prends-le et sauve-toi en courant ! chuchote une voix dans sa tête. Elle ne pourra pas te rattraper… » Mais Laurie n'est pas une voleuse ! Elle est assez douée pour marchander (quoique pas autant qu'Alexia !), mais voler, ça, jamais !

Pendant qu'Alexia ramasse les articles répandus sur le sol, Laurie essaie de se calmer. Ce n'est pas la première fois qu'elle a affaire à des vendeurs bizarres, qui, à la dernière minute, font croire que l'article vaut plus que le prix indiqué… Voilà ce à quoi joue cette bonne femme, Laurie en est sûre, à présent. Elle s'attend à ce qu'on lui annonce un prix ridiculement élevé en essuyant ses mains moites sur son short.

Les yeux perçants de la femme se posent sur l'appareil photo durant quelques longues secondes. Et soudain, son expression s'adoucit. Elle a l'air presque… triste. Puis, de nouveau, son expression change. Elle avance sa main noueuse à une vitesse étonnante, s'empare de l'appareil, qu'elle glisse sous le comptoir :

– Il n'est pas à vendre !

Laurie a l'impression de recevoir un coup de poing dans l'estomac. C'était vraiment trop beau pour être vrai ! Elle voudrait protester, mais elle n'y arrive pas. Sa déception lui cloue le bec. Elle n'arrive plus à bouger non plus. Elle resterait là, à déprimer pendant tout le reste de la journée, si Alexia ne venait pas à la rescousse :

– Il était pourtant sur l'étagère, riposte-t-elle.

– Eh bien, c'était une erreur, répond la femme d'un ton sec, furieuse qu'on la contredise.

Alexia ne se laisse pas intimider.

– Alors, je suppose que ces articles sont également des erreurs…, réplique-t-elle calmement.

D'un ample geste du bras, elle désigne la robe des années cinquante, l'énorme crinoline à volants blanche, les bretelles, l'uniforme de scout, la boîte en fer, les cinq cravates et la pile de CD qu'elle avait rassemblés à côté du comptoir. Elle va les déposer sur une table bancale, sauf la robe qu'elle remet sur son cintre, à sa place.

Laurie réprime un sourire. Son amie est une incroyable bluffeuse ! Elle n'a aucune intention de laisser ses trouvailles derrière elle, Laurie le sait. Et si son ventre n'était pas noué par l'anxiété, elle apprécierait le spectacle. D'autant que la lutte s'annonce serrée : la vieille femme semble féroce, mais Alexia est une adversaire de taille.

Les yeux d'acier de la vendeuse suivent la jeune fille qui repose chaque marchandise là où elle l'avait prise. Puis, avec un profond soupir, la femme observe son magasin encombré et poussiéreux.

Secouant la tête d'un air résigné, elle tend la main sous le buffet pour y reprendre l'appareil photo :

– Tu veux vraiment ce vieux truc ?

Elle soutient le regard de Laurie, mais sa voix s'est adoucie, et la jeune fille songe que cette vieille chouette n'est peut-être pas toujours aussi désagréable. Peut-être qu'aujourd'hui c'est une mauvaise journée pour elle.

– Oui, je le veux vraiment, affirme-t-elle.

– Alors, c'est d'accord, dit la vieille dame. Je te le laisse pour cinq dollars. Après tout, autant que je m'en débarrasse.

Elle lisse quelques cheveux gris qui se sont échappés de son chignon, pendant que Laurie fouille dans sa poche en étouffant un cri de triomphe.

« Cinq dollars ! À ce prix-là, inutile de voler ! »

Elle lui tend un billet en réprimant un sourire. Pour cet appareil, elle aurait été capable de vider son portefeuille. Mais, normalement, les bons négociateurs ne montrent jamais à l'acheteur à quel point ils désirent l'article. Laurie peut faire comprendre à la femme qu'elle est contente de l'aubaine, mais surtout pas lui montrer sa joie.

Sitôt que le billet quitte sa main, elle saisit l'appareil et passe de nouveau la sangle autour de son cou. Elle sent l'Impulse reposer contre sa poitrine. Son poids, bien que différent de celui de son appareil photo numérique, lui semble familier, réconfortant. Elle pousse un soupir de soulagement. Il est à elle. Il est à elle !

–2–

Les deux filles, ravies, quittent la pénombre du dépôt-vente et retrouvent la lumière du soleil automnal. Le père de Laurie les attend patiemment, adossé contre le capot du break. En apercevant le gros sac qu'elles transportent, il secoue la tête et traîne les pieds dans les feuilles mortes pour leur ouvrir la portière.

– Tes parents ne me laisseront plus jamais t'emmener en promenade, dit-il à Alexia avec un petit rire.

– Ne vous en faites pas, monsieur Gabriel, répond-elle en lui donnant une tape rassurante sur le dos. Mes parents sont habitués à mon… euh… addiction pour le shopping. Ils ne vous en voudront pas.

Laurie l'espère de tout son cœur. Ce serait une vraie catastrophe si Alexia ne pouvait plus faire la tournée des marchés aux puces et des brocanteurs avec elle ! Chaque année, au mois de septembre — à la fin de la saison des pêches et des pommes —, le père de Laurie les emmène visiter les petits villages pittoresques réputés pour leurs dépôts-ventes, friperies et antiquaires. Phelps, celui où ils se trouvent, est situé aux environs de Narrowsburg, la ville où ils habitent. Il est à la fois typique et branché ; c'est le préféré de la jeune fille.

La journée a été d'une chaleur étouffante. Pourtant, lorsque Laurie se retrouve à l'ombre dans la voiture, elle grelotte presque et se dit qu'elle aurait dû emmener une veste. Alexia s'assied à côté d'elle, le visage rayonnant. Laurie tente d'ignorer ses frissons et de partager l'humeur festive de son amie. Même si Alexia n'a pu convaincre la vendeuse de lui offrir les cravates, Laurie voit bien qu'elle se sent victorieuse. Il y a de quoi : la moitié de la banquette arrière est enfouie sous un tas de vêtements qui ne lui ont coûté que huit dollars en tout.

Les deux filles s'amusent à chiner depuis qu'elles ont neuf ans. Trois ans plus tard, elles sont devenues expertes dans l'art de dénicher de bonnes affaires et de négocier avec les vendeurs. Mais Alexia pousse cet art plus loin que sa meilleure amie. Elle a un flair incroyable pour les aubaines et sait marchander avec acharnement.

« Le plus drôle, c'est que tout a commencé totalement par hasard », se souvient Laurie en s'approchant de la vitre pour essayer de laisser les rayons du soleil la réchauffer.

Ce jour-là, les deux copines s'amusaient chez Laurie. M. Gabriel avait annoncé qu'il devait absolument se rendre à Phelps pour acheter des fraises : c'était la fin de la saison, et il n'avait pas fait son stock de pots de confitures. Les filles étaient trop jeunes pour rester seules. Elles avaient eu beau protester, il les avait obligées à l'accompagner. Après avoir acheté plusieurs caisses de fraises, il leur avait proposé de s'arrêter chez son brocanteur préféré, où les filles avaient acheté une collection de poupées Barbie pour une bouchée de pain. Il n'en avait pas fallu plus pour qu'elles deviennent des mordues de brocantes, braderies, antiquaires et dépôts-ventes en tous genres… Depuis, à chaque fin d'été, le trio dévalise tous les villages de la région.

Le père de Laurie démarre et, tandis que le break quitte le parking, la jeune fille regarde le paysage, les mains posées sur son nouvel appareil photo. Elle est toujours aussi ravie de son acquisition, pourtant une légère inquiétude l'a envahie. Au moment de lui vendre le Polaroïd, la femme a eu une réaction plus que bizarre. Laurie se demande ce qui a bien pu la rendre aussi… furieuse. Et ce qui l'a finalement convaincue de le lui céder. Avait-elle besoin d'argent ? Les affaires ne doivent pas aller bien fort dans un village aussi petit et tranquille que Phelps. Mais, dans ce cas, pourquoi lui a-t-elle réclamé une somme aussi dérisoire ?

« Peu importe, se raisonne la jeune fille. Ce qui compte, c'est que l'appareil est à moi ! »

Elle s'oblige à chasser son inquiétude et à penser à des choses plus positives — par exemple, toutes les magnifiques photos qu'elle va pouvoir prendre avec son nouvel appareil. Elle admire les arbres et les champs qui défilent derrière la vitre.

À côté d'elle, Alexia examine son butin.

– Tu as vu ? s'exclame-t-elle en désignant la crinoline. Elle est de la marque Lassido, comme les notes : la, si, do !

La jupe a tant de volants qu'Alexia est pratiquement cachée derrière. Elle est obligée de l'aplatir pour pouvoir observer le reste de ses achats.

– D'après toi, qu'est-ce que je pourrais mettre dans ma boîte à biscuits ? enchaîne-t-elle. Ma collection de vernis à ongles ?

– Ou bien… des biscuits ? suggère Laurie.

– Génial ! s'écrie Alexia. C'est pour ça que tu es ma meilleure amie : tu as toujours des idées originales !

Laurie sourit et reporte son regard vers la vitre. Le break longe un champ de fraisiers. La cueillette est terminée pour cette année. De longues rangées de petits monticules terreux s'étirent vers l'horizon, bordées sur trois côtés par de hauts rosiers sauvages. Dans la région, il y a de nombreux champs comme celui-ci. Pourtant, sans vraiment y penser, Laurie a envie de le prendre en photo. Elle lève l'appareil jusqu'à ses yeux…

« Qu'est-ce que je suis en train de faire ? » se demande-t-elle.

À part les quelques ombres projetées par les buissons, il n'y a rien à voir, dans ce champ. Il semble laissé à l'abandon, rempli de plants flétris, décharnés, avec, dans un coin, un cabanon en bois cabossé. Cette photo serait nulle : elle ne raconterait rien, n'aurait pas le moindre sujet principal, et même pas un contraste intéressant. Pourtant, Laurie ne peut pas s'en empêcher. Elle a l'impression que le Polaroïd attire son doigt… Alors, elle appuie sur le bouton. À son grand étonnement, l'appareil émet un ronronnement, et une photo sort de la fente, à l'avant.

– Hé ! Je croyais qu'il était vide ! s'exclame Alexia.

– Il l'est ! réplique Laurie.

Elle tire sur le morceau de papier blanc et retourne l'appareil. Elle fait glisser le bouton qui ouvre la petite porte et inspecte l'intérieur. Rien : le compartiment est toujours vide.

– C'est vraiment bizarre, dit-elle. Il n'y a pas de film !

Elle secoue la tête, perplexe. Se penchant sans retirer la sangle autour de son cou, elle tend l'appareil à Alexia afin qu'elle vérifie à son tour.

– Il restait peut-être une pose coincée dans le mécanisme, suggère son père en jetant un coup d'œil dans le rétroviseur.

– Peut-être…, marmonne Laurie en examinant le cliché. Mais ça m'étonnerait que la photo se développe. La pellicule était probablement périmée. Elle n'était même pas protégée dans une cartouche.

Sans oublier qu'elle a pris la photo à travers la vitre d'une voiture en mouvement : flou garanti ! Tout de même, la jeune fille examine le rectangle grisâtre, pour voir si quelque chose apparaît.

Alexia se penche pour regarder, elle aussi. Elles retiennent leur souffle : le papier se colore légèrement de bleu, puis de vert… Un ciel se dessine, puis des feuilles, des roses, et… quelque chose d'autre.

Laurie cligne des yeux et tente de distinguer de quoi il s'agit.

– Est-ce qu'il y avait un château d'eau, dans ce champ ? s'étonne-t-elle.

– Je n'ai pas fait attention, ma chérie, répond son père.

– Moi non plus, réplique Alexia avec un haussement d'épaules.

Sur le cliché, le château d'eau devient de plus en plus net. C'est un vieux modèle à l'américaine : tout en métal, avec quatre longues pattes solides, qui soutiennent un réservoir d'eau circulaire. Le nom du village, *PHELPS*, est peint dessus, en grosses lettres rouges.

Sur la photo, le château d'eau trône au beau milieu du champ. Mais dans la réalité…

– Je vous jure qu'il n'y avait pas de château d'eau dans ce champ ! Il n'y avait que des rangées de fraisiers, une haie et une cabane miteuse.

Sa voix est montée dans les aigus, et ses bras se sont couverts de chair de poule. À présent, elle a vraiment froid.

Alexia la dévisage avec inquiétude.

– Je te crois, dit-elle. Je n'avais pas remarqué, c'est tout.

Une émission de radio a attiré l'attention du père de Laurie ; il n'écoute plus la conversation qui se déroule à l'arrière.

– Papa, fais demi-tour, le supplie Laurie en se penchant en avant. S'il te plaît ! Je veux voir s'il y a bel et bien un château d'eau.

– Ce serait avec plaisir, mais nous sommes trop en retard, répond-il. J'ai promis à ta mère que nous serions de retour à 19 heures 30 pour le dîner. Peut-être que tu ne l'as pas vu, tout simplement. Ou peut-être aussi s'agit-il d'une surimpression.

Laurie s'enfonce dans la banquette et examine attentivement la photo. Ce château d'eau n'était pas dans le champ, elle en est sûre et certaine.

–3–

– Bon, maintenant, prends une pose de mannequin, dit Laurie à Alexia. Je veux de la classe, du glamour !

Elle essaie de parler sur un ton autoritaire, comme le font les photographes de mode professionnels, mais elle peine à garder son sérieux. Cette séance photo se déroule sur un trottoir de Narrowsburg. On est à des années-lumière des podiums, des strass et des paillettes. Ici, on a le droit de glousser. Alors, toutes deux éclatent de rire.

Malgré leur hilarité, Laurie trouve qu'Alexia a fière allure, devant cet immeuble en briques rouges. La lumière matinale est parfaite, le ciel est parsemé de petits nuages vaporeux, et la brise fraîche agite la jupe d'Alexia comme une machine à vent. L'ensemble rétro qu'elle porte provient du magasin visité la veille. Elle l'a rapidement lavé et a réussi à le transformer en une tenue assez branchée.

« Enfin… autant qu'un uniforme de scout et une jupe bouffante peuvent l'être… », songe Laurie en réprimant un sourire.

Elle s'approche de son amie, pose l'œil sur le viseur et lance :

– Tu es magnifique !

Elle remercie silencieusement son cousin Jacob, qui a provoqué son envie d'avoir un Polaroïd. Tout a commencé lorsqu'il lui a envoyé une grosse boîte de pellicules par la poste, au printemps dernier. Jacob a quatorze ans et il est fan de vieux appareils photo. Il possède cinq modèles, dont deux qui sont plus âgés que ses parents. Un troisième est doté d'une mini-valise, qui s'ouvre comme un accordéon. Jacob a enseigné à sa cousine tout ce qu'il faut savoir sur les appareils photo instantanés. Pendant les dernières fêtes de famille, il a passé des heures à lui expliquer comment obtenir des clichés sensationnels, avec ou sans flash. Laurie a été surprise de découvrir que ces anciens appareils sont simples à utiliser. Toutefois, réussir une photo est plus compliqué qu'on ne pourrait le croire ! Heureusement, Jacob est un bon professeur : il a pris le temps de lui dévoiler tous les secrets de sa technique et de lui conseiller les bons accessoires.

Jacob, lui, ne possède pas de Polaroïd Impulse. Alors, quand un magasin lui a fait parvenir ces pellicules qu'il ne pouvait pas utiliser et lui a dit qu'il était inutile de les lui retourner, il a décidé de les envoyer à sa cousine. Laurie a considéré ce cadeau comme un défi : à partir de ce jour, elle n'a cessé de rechercher le fameux appareil…

Une violente bourrasque fait voler la jupe d'Alexia et ramène Laurie à la réalité.

– Joue avec le vent ! conseille-t-elle à son amie.

Alexia prend la pose. Laurie appuie sur le déclencheur. Son nouvel appareil cliquette, captant l'image, puis ronronne. Laurie aime le bruit mécanique que produit le Polaroïd, lorsque le cliché blanc-gris en jaillit.

– Je sais qu'on n'a pas besoin de secouer, commente Alexia en se hâtant de venir saisir le bout de papier rectangulaire, mais ça m'amuse !

Elle agite les bras en rigolant, et Laurie jette un coup d'œil de chaque côté de la rue : heureusement, personne ne les voit faire les idiotes ! La rue est déserte. Il n'y a qu'un chat tigré qui trottine en direction de buissons un peu plus loin, et quelques feuilles mortes dont le soleil fait ressortir les couleurs chatoyantes. La rentrée approche à grands pas ; tous les habitants semblent en profiter pour rester encore loin de la ville.

Laurie prend une profonde inspiration. L'automne est sa saison préférée. Elle aime que l'air soit plus frais, l'odeur des feuilles mortes humides, et l'idée de retourner au collège. Enfin, en général… Car aujourd'hui, elle ressent autre chose… Elle n'arrive pas à mettre un mot sur ce sentiment. Elle se sent agitée, coincée entre deux saisons, incapable d'apprécier l'une ou l'autre.

« C'est bizarre… Je ne suis pas prête à ce que l'été se termine », songe-t-elle.

Alexia a cessé d'agiter les bras comme une folle et elle tient le film devant ses yeux. Les deux filles observent l'image qui se dessine peu à peu. On y voit Alexia, splendide dans son ensemble extravagant, une épaule inclinée vers l'objectif. Elle se tient devant le mur, sur lequel se découpe la fenêtre d'une petite boutique. Mais ce n'est pas cela que fixe Laurie. La photo montre autre chose… La vitre reflète Laurie, l'œil vissé à l'appareil. Et, derrière elle, une silhouette est apparue, un peu floue. On dirait… un garçon. Qui la regarde. Penché au-dessus de son épaule.

– Qu'est-ce qu'il fiche là, lui ? bredouille Laurie en pointant l'image du doigt.

Même si ce n'est que la pure vérité, elle ne parvient pas à ajouter : « … il n'y avait personne à côté de moi ! ».

Alexia approche le cliché de ses yeux, pour mieux l'examiner.

– Ce n'est peut-être qu'une ombre, dit-elle d'un ton peu convaincant.

Les contours du garçon sont mal définis. Il faut dire que le grain des photos Polaroïd n'est pas exceptionnel — c'est ce qui fait leur charme. Laurie et les arbres derrière elle — qui étaient vraiment là — ne sont pas nets non plus. Le garçon pourrait tout à fait être une ombre… si les véritables ombres de la photo n'étaient pas orientées dans une autre direction. Et si cette forme sombre n'avait pas de visage.

Car, là, on distingue un visage à l'air renfrogné, deux bras, deux mains, un torse…

– Une ombre avec des yeux, marmonne Laurie.

Elle frissonne malgré la chaleur du soleil. Les deux filles scrutent la rue déserte.

– Je suis sûre qu'il n'y avait personne derrière toi quand tu as pris la photo, déclare Alexia, dont le visage couleur moka a pâli. Je n'aurais jamais osé faire la folle comme ça si quelqu'un nous avait regardées, tu le sais bien.

Oui, Laurie le sait bien. Et puis, elle aurait remarqué la présence du garçon. Comme elle aurait remarqué s'il y avait eu un château d'eau au milieu du champ, la veille.

– Peut-être qu'on n'a rien vu parce qu'on s'amusait trop… ? suppose Alexia avec un sourire nerveux.

– Ouais, dit Laurie en hochant la tête.

Mais elle n'en croit rien.

–4–

Tout en marchant, Alexia réfléchit à voix haute :

– Sérieusement, il n'y avait personne. Je pense que c'est ton appareil qui a une anomalie.

Laurie sait que son amie essaie de la réconforter — de *les* réconforter —, mais elle trouve son commentaire un peu insultant pour son Polaroïd Impulse. Elle pose une main protectrice sur le boîtier avant de répondre :

– C'est vrai qu'il est vieux…

Elle tapote doucement l'appareil, comme pour s'excuser d'avoir douté de lui. Elles sont à un pâté de maisons du fast-food *Chez Sam*, et elle en salive d'avance. Leur projet était de prendre une photo devant chaque bâtisse de la petite rue, afin de les placer les unes à côté des autres pour obtenir une vue panoramique. Seulement, depuis l'apparition de la mystérieuse silhouette, l'appareil est resté accroché au cou de Laurie, inutilisé. Même quand Alexia a pris une pose de chiot suppliant devant le magasin d'animaux, son amie n'a pas osé la photographier. Elle a bien trop peur que d'autres images étranges apparaissent.

– Je ne sais pas ce qui se passe avec ce truc, marmonne-t-elle.

Elle a reconnu que l'appareil était vieux, c'est vrai, mais elle ne trouve pas cette explication convaincante. Pour le moment, aucune hypothèse ne parvient à la tranquilliser.

En approchant du fast-food, elle se dit qu'un délicieux milkshake parviendra peut-être à la réconforter. Il sera peut-être assez froid pour geler en elle une idée qu'elle ne se permet pas de formuler tout haut : et si son appareil photo était… hanté ?

À l'entrée de *Chez Sam*, une clochette tinte quand Alexia pousse la porte. Ce bruit familier rassure un peu Laurie. Le fast-food est l'un des endroits favoris des deux copines. Il existe depuis une éternité ; en témoignent le carrelage usé, les banquettes poussiéreuses et les écriteaux décolorés. Un comptoir propre mais en piteux état longe un mur aux nombreuses fenêtres.

– Salut, les filles ! lance Marianne, leur serveuse préférée. Vous venez manger ou boire un verre ?

– Manger ! réplique Alexia en tenant la porte pour Laurie.

Sa main est posée sur une affiche collée sur le battant. Les yeux de Laurie se fixent dessus.

– Regarde ! dit-elle à son amie.

L'affiche fait la promotion d'un concours de photo amateur, organisé par une galerie de la ville. D'après l'affiche, il a lieu chaque année depuis vingt ans.

– Tu devrais t'inscrire ! déclare joyeusement Alexia.

Laurie hausse les épaules. Ellc adore la photo et est assez fière de quelques-uns des clichés réalisés avec son appareil numérique. Seulement, s'amuser à essayer de prendre de jolis clichés est une chose, les présenter à un concours en est une autre ! L'idée de montrer ses travaux à des photographes sérieux lui donne un peu le trac. Et puis… et puis, en ce moment, son passe-temps a tendance à la rendre nerveuse.

Sans répondre à son amie, elle se dirige vers les tabourets situés près d'une grande fenêtre, au bout du comptoir.

– Qu'est-ce que tu vas commander ? se renseigne-t-elle pour changer de sujet.

– Un sandwich bacon, laitue, tomates, avec un milkshake à la menthe, comme toujours ! réplique Alexia, les yeux pétillants d'appétit.

Dès que les deux amies sont assises, Marianne s'approche d'elles.

– Alors, les filles, comme d'habitude ? devine-t-elle.

Laurie hoche la tête.

– Et une portion de frites à partager en plus ! ajoute Alexia.

Marianne sourit avant de s'éloigner.

Alexia se tourne vers son amie :

– Si on regardait toutes les photos que tu as prises ce matin ?

Laurie lui tend une petite pile de clichés, qu'Alexia étale sur le comptoir devant elles, sauf le dernier qu'elle met sur le côté.

– Tu as fait du bon boulot ! s'extasie-t-elle. Elles sont super !

Laurie les observe en rougissant. C'est vrai qu'elles ne sont pas trop mal. Il y a une certaine variété dans les points de vue et les mises en scène, des floutés bien gérés…

– Il faut que tu t'inscrives à ce concours, insiste Alexia. Je n'ai jamais vu personne prendre d'aussi bonnes photos avec un Polaroïd.

Le compliment fait sourire Laurie. Plus elle contemple les images, plus elle doit reconnaître qu'elles sont réussies. Certaines ont un effet un peu estompé, adouci, qui leur donne un aspect intemporel. C'est sans doute grâce à l'appareil. Ou au style rétro des vêtements d'Alexia. Quoi qu'il en soit, ça rend bien. Ces images retiennent l'œil.

Marianne apporte les milkshakes.

– C'est toi qui as pris ces photos, Laurie ? demande-t-elle. Elles sont superbes !

– Oui, c'est elle ! confirme Alexia avec un hochement de tête enthousiaste. Elle devrait s'inscrire au concours, n'est-ce pas ?

– En effet ! acquiesce Marianne avant de retourner à ses occupations.

– Tu vois ? ! s'exclame Alexia. Allez, Laurie, fais-le : je sais que tu en as envie !

Laurie boit son milkshake à petites gorgées. Elle n'est pas sûre d'en avoir envie. Se montrer la rend mal à l'aise. Déjà que, depuis hier, elle se sent bizarre…

– Je n'ai aucune chance de gagner, réplique-t-elle. Je ne prends des photos que pour m'amuser et…

Enfin, jusqu'à présent, c'était pour cette raison.

*

– Tu ne manges pas de frites ? demande Alexia lorsque toutes deux ont fini leurs sandwichs.

Laurie regarde l'assiette de frites encore presque pleine.

– Je n'ai pas très faim, répond-elle.

Elle prend une autre gorgée de son milkshake. Le Polaroïd appuie contre ses côtes quand elle se penche vers le comptoir ; elle ne l'a même pas enlevé pour manger.

– On y va ? propose Alexia en descendant de son tabouret.

Elle pose de l'argent sur le comptoir pendant que Laurie rassemble les photos.

– Il nous reste quelques prises de vue à faire dans la rue. Les magazines du monde entier vont se les arracher !

– Bien sûr ! pouffe Laurie. Qui d'autre que moi pourrait faire de belles photos pour leurs unes ?

Elle pousse la porte du fast-food en essayant de chasser les idées qui l'obsèdent. Ce garçon et ce château d'eau n'étaient que des illusions d'optique. Un dérèglement de l'appareil. Rien d'inquiétant. Elle possède enfin le Polaroïd qu'elle cherchait depuis des mois. Tout va bien. Tout va vraiment bien.

Avant de s'éloigner de *Chez Sam*, Alexia s'arrête devant son enseigne rouge et blanche et, d'un geste exagéré, se tapote les lèvres avec une serviette en papier.

– Super ! s'écrie Laurie en s'emparant de l'appareil photo.

Les filles se mettent en chemin, puis Laurie s'arrête à côté d'une poubelle pour changer de pellicule tandis qu'Alexia observe les alentours, à la recherche d'un nouveau décor pour la prochaine photo.

L'appareil rechargé, Laurie passe rapidement devant un antiquaire assez chic, appelé *Joe Comptant*. Elle n'a pas l'intention de prendre de photo devant sa vitrine, et pour cause : il n'y a rien à y voir. Quelques mois auparavant, Laurie et Alexia y sont entrées, pensant que le lieu serait peut-être propice à de bonnes affaires. On leur a vite fait comprendre que ce n'était pas le genre de la maison : des prix gonflés, un refus complet de marchander — ce type de magasin affiche des tarifs très élevés et s'y tient. De plus, le propriétaire est un paranoïaque notoire ;

il a une peur maladive de se faire voler. Il a installé des caméras partout dans sa boutique, et les marchandises sont derrière des vitrines fermées à clé ou au sommet de hautes étagères. L'atmosphère n'est pas du tout accueillante. Mais cela n'a pas la moindre importance pour les deux copines, car *Joe Comptant* vend principalement des bijoux, de l'argenterie et des instruments de musique — rien qui les intéresse.

– Viens ! crie Alexia, qui a pris de l'avance.

Elle se trouve devant une quincaillerie, deux portes plus loin. Elle est accroupie dans une brouette rouge vif. Laurie sourit. Vite, il faut qu'elle rejoigne son amie et la prenne en photo avant que quelqu'un la voie en train de faire l'idiote dans un objet en présentation. Alors qu'elle se précipite vers Alexia, quelque chose la pousse à se retourner. Dans un même mouvement, elle porte le Polaroïd à son visage et le pointe en direction de l'antiquaire. Elle se sent comme une marionnette ; elle ne décide plus de ses actes. Comme la veille, dans la voiture. Sans en avoir l'intention, elle prend une photo des bijoux poussiéreux qui peuplent la vitrine.

Étrange. Pourquoi diable voudrait-elle d'une photo de la devanture de *Joe Comptant* ? Elle secoue la tête, incrédule, s'empare du cliché qui vient de sortir de la fente et le fourre dans son sac. Aucun doute : c'est du gaspillage de pellicule !

– Laurie, tu viens ? l'appelle Alexia.

Laurie parvient à prendre deux photos de son amie, avant que le propriétaire de la quincaillerie, furieux, ne vienne les chasser.

Alexia quitte la brouette avec un sourire espiègle et chuchote à son amie :

– Et si on en prenait une sur le mini-tracteur à côté ?

Laurie jette un coup d'œil au marchand et pouffe :

– Il ne vaut mieux pas…

Alors, quelque chose attire le regard d'Alexia.

– Tu as vu ? dit-elle.

Elle montre du doigt une camionnette qui roule tout doucement dans la rue. Initialement bleu, le véhicule est recouvert d'une multitude de capsules de bouteille, collées sur la carrosserie comme une mosaïque.

– C'est étonnant, hein ?

Instinctivement, Laurie lève l'appareil et parvient à photographier la camionnette avant qu'elle disparaisse dans le virage.

– Très étonnant, confirme-t-elle en se félicitant d'avoir eu le réflexe de prendre cette photo.

Pour un vieux modèle, le Polaroïd réagit plutôt vite.

Les deux amies avancent plus lentement, alourdies par leurs milkshakes et la digestion qui commence. Laurie étouffe un bâillement. Alexia frotte les badges sur sa chemise de scout en gémissant :

– Je crois que j'ai trop mangé ! J'ai besoin d'une petite sieste.

Cette idée plaît aussi à Laurie. Elle n'a pas bien dormi, la nuit dernière. Elle n'a pas arrêté de se réveiller pour s'assurer que l'appareil était toujours sur sa table de chevet. Ses paupières s'alourdissent, tandis que la photo se développe dans sa main. Quand la camionnette finit par apparaître sur le papier, la jeune fille ouvre des yeux immenses.

Encore lui ! La silhouette du garçon est encore là, plus nette, cette fois ! Malgré le grain de la photo, on distingue parfaitement ses yeux sur son visage sombre. Il est assis dans la camionnette et fixe l'objectif d'un regard intense mais sinistre.

– Alexia…, bredouille Laurie.

Inutile d'en dire davantage. En un clin d'œil, son amie est à côté d'elle, les yeux posés sur la photo.

– Ça alors ! Il est revenu ?!

Laurie observe les alentours avec inquiétude. Et s'il n'était jamais parti ?

–5–

Laurie n'arrive pas à dormir. Elle repousse le drap — la seule chose qui la couvre — d'un coup de pied et retourne son oreiller du côté le plus frais. Elle a chaud. Sans même regarder son réveil, elle sait qu'il est un peu plus d'une heure du matin. Et elle n'a toujours pas réussi à fermer l'œil. Ça doit être à cause de la température, se dit-elle. Quand Alexia et elle sont rentrées de leur séance photo, un soleil brûlant avait chassé la brise automnale. L'été s'était réinstallé dans toute sa moiteur.

Il fait bien trop chaud dans sa chambre pour que Laurie puisse dormir. Pendant un instant, elle envisage d'allumer la lumière et d'essayer de lire. Si elle choisit le roman idéal, du genre très, très ennuyeux, elle va peut-être réussir à s'assoupir après une ou deux pages. Toutefois, la simple idée d'éclairer la chambre lui donne encore plus chaud. S'il fait un degré de plus, elle est sûre qu'elle fondra.

Elle retourne de nouveau son oreiller et y pose la tête avec un soupir. Elle fait le vide dans son esprit. Du moins, elle essaie. Elle se concentre sur le tic-tac de son réveil. Après ce qui lui semble au moins trois heures, elle finit par s'endormir.

Mais même durant son sommeil, elle ne parvient pas vraiment à se reposer. Sitôt que son souffle devient régulier, elle se voit en train de courir le long d'une rangée de fraisiers. Elle ne sait pas pourquoi elle court. Elle sait seulement qu'elle n'a pas le choix. Elle fonce, le cœur cognant contre ses côtes. Elle court encore et encore, hors d'haleine. Il y a quelqu'un derrière elle — quelqu'un qu'elle doit à tout prix éviter. À moins que ce soit quelqu'un devant elle — quelqu'un qu'elle veut voir à tout prix ? Ses pieds martèlent le sol sans répit, jusqu'à ce qu'elle ne sache plus si c'est elle qui les dirige ou si ce sont eux qui l'obligent à avancer. Puis, tout à coup, les rangées de fraisiers cèdent la place à autre chose…

Elle ne court plus. Elle grimpe. Plus haut, toujours plus haut. Les barreaux de l'échelle sont inclinés et trop espacés. Elle se hisse, un échelon après l'autre, essoufflée par l'effort. Ses jambes lui brûlent. Elle voit à peine devant elle. Elle est entourée de brouillard. Tout est flou. Elle continue son ascension sans s'en préoccuper. Elle doit parvenir au sommet…

Soudain, elle cesse de grimper. Apparemment, elle a atteint son but. Elle est assise sur une petite planche. Elle sait qu'elle est très haut, mais elle ne peut rien distinguer dans l'épaisse brume blanchâtre qui l'enveloppe.

Soulevant l'appareil photo suspendu à son cou (était-il là un instant plus tôt ?), elle porte le viseur à son œil. Sa vision devient plus nette ; seulement, ce qu'elle voit lui donne envie de fermer les yeux. Elle se trouve plusieurs étages au-dessus du champ de fraisiers. Elle ne court pas, ne grimpe pas et n'est pas assise. Elle tombe. À toute vitesse.

Laurie se réveille, le cœur battant et le dos trempé de sueur. Elle promène son regard dans la pénombre de sa chambre, et comprend qu'elle a rêvé. Elle n'est pas en train de tomber — elle est saine et sauve, dans son lit. Son réveil indique 4 heures 45. L'appareil photo est à côté, le viseur fixé sur elle comme l'œil d'un cyclope mécanique.

Elle se lève pour changer de T-shirt, retourne son oreiller (encore !) et se recouche. Les yeux fermés, elle tente de changer le film qui passe dans sa tête — ce n'était qu'un cauchemar, se répète-t-elle. Pourtant, même éveillée et en sécurité dans son lit, elle a encore l'impression de tomber…

*

Dès que le soleil se lève, Laurie en fait autant. Elle bondit de son lit, prend une jupe en jean dans son placard et fouille sa commode. Le T-shirt vert clair que lui a donné Alexia sera parfait. Elle l'enfile, puis glisse la sangle de l'Impulse autour de son cou. Lorsqu'elle sent le poids de l'appareil contre sa poitrine, elle a le sentiment d'être enfin habillée. Elle passe un rapide coup de peigne dans ses cheveux blond vénitien, et elle est prête.

Du haut des marches, elle reconnaît une odeur de pêches en train de mijoter. Pour éviter la chaleur, son père a commencé très tôt à faire des conserves. De toute évidence, c'est une bataille perdue d'avance : le simple fait d'entrer dans la cuisine fait transpirer la jeune fille.

– *Ponchour*, marmonne son père tout en mâchonnant une biscotte couverte d'une confiture chaude et mousseuse. Est-ce que tu en *feux* ?

Ça sent très bon, mais Laurie secoue la tête. Elle a l'estomac noué. Elle a seulement envie de parler à Alexia.

– J'avais prévu de déjeuner avec Alexia, ment-elle en passant la bandoulière de son sac par-dessus sa tête. Bonnes conserves !

Elle adresse à son père signe de la main et se hâte de rejoindre la porte avant qu'il lui demande de l'aider.

Elle aimerait courir jusqu'à la maison d'Alexia, mais il fait bien trop chaud et elle est beaucoup trop fatiguée. Elle marche le plus vite possible, en essayant de transpirer le moins possible et de ne pas laisser le cauchemar envahir toute sa tête.

Alexia est dans sa véranda entourée par des moustiquaires, allongée sur un futon. Elle porte un caleçon d'homme et un débardeur. Elle tient ses jambes et ses bras à la peau brune éloignés de son tronc, comme si elle ne voulait toucher à rien. À son expression, on devine qu'elle vient juste de se réveiller. En apercevant Laurie, elle secoue la main comme une vedette qui veut éloigner les paparazzis.

– Pas de photo ! marmonne-t-elle. Il est trop tôt pour les photos !

Laurie tente de rire de sa blague, mais elle ne réussit qu'à sourire faiblement. C'est vrai qu'il est trop tôt pour les photos. Elle ne sait même pas pourquoi elle a apporté son appareil.

En vérité, elle a une petite idée sur la question. Depuis qu'elle a acheté le Polaroïd, elle se sent bizarre quand elle ne l'a pas sur elle. Chaque fois qu'elle l'enlève, elle éprouve un sentiment d'anxiété, comme si une catastrophe allait arriver. C'est de cela, d'ailleurs, qu'elle veut discuter avec son amie.

– Je pense que je suis possédée, lâche-t-elle.

Alexia est soudain bien réveillée. Elle se redresse, une lueur d'inquiétude dans ses yeux sombres, et s'assied au bord du futon :

– Que tu es… quoi ?

– Possédée, répète Laurie.

Maintenant qu'elle a prononcé ces mots à haute voix, elle se sent un peu étourdie. Elle se retient à la balustrade en haut des marches.

– C'est ce garçon qui me hante, ajoute-t-elle. Et le château d'eau. Ces images bizarres qui sont apparues sur mes photos…

Elle respire un grand coup, fait quelques pas lents, et va s'installer dans le hamac accroché dans un coin de la véranda.

– Ou bien, c'est l'appareil photo qui est hanté, poursuit-elle. Ce doit être une sorte de… *médium*, un peu comme ces objets que les fantômes utilisent pour communiquer avec les vivants.

Pfiou ! Elle n'avait pas prévu de dire tout ça. C'est sorti sans qu'elle le veuille.

« Quand ai-je eu l'idée que j'étais possédée ? » se demande-t-elle en frissonnant.

Elle prend son sac et en sort la photo du château d'eau, celle qui est à l'origine de tout. Elle la contemple un long moment. Alexia se lève en soupirant et vient s'asseoir à côté d'elle.

Le hamac se balance doucement en grinçant. Laurie pousse un soupir. Elle est soulagée d'avoir exprimé ses horribles doutes. Surtout, elle est rassurée qu'Alexia ne se soit pas moquée d'elle. Mais, si ses doutes se révèlent fondés, les choses risquent encore d'empirer…

– Tu n'arrives pas à oublier ce château d'eau, n'est-ce pas ? finit par demander Alexia. J'aurais bien aimé le voir. Ou être sûre de ne pas l'avoir vu…

– J'aurais aimé que tu le voies aussi, dit Laurie, les lèvres pincées. Ou plutôt, j'aurais bien aimé ne jamais le voir moi-même. En fait, j'aimerais juste arrêter d'y penser et d'en rêver et…

– D'en rêver ? relève Alexia.

Laurie hoche la tête :

– Oui, et ce ne sont pas de beaux rêves.

– Des cauchemars ? demande Alexia.

Elle semble vraiment inquiète, à présent. Elle pose un instant une main réconfortante sur l'épaule de son amie, et la retire pour s'emparer de la photo. Elle l'approche de son visage et marmonne :

– Tiens… c'est bizarre.

« Qu'est-ce qui n'est pas bizarre, dans cette histoire ? » songe Laurie, en se penchant vers son amie pour voir ce qu'elle a remarqué.

L'ongle verni de bleu d'Alexia désigne les lettres peintes sur le réservoir.

– Tu pensais qu'il était écrit *PHELPS*, n'est-ce pas ? Mais regarde bien : certaines lettres sont effacées. Il n'y a que quatre lettres qui ressortent : H, E, L, P.

– HELP[1] ? répète doucement Laurie. Qu'est-ce que ça signifie ? Que le garçon des photos a besoin de notre aide ? Qu'il cherche à nous dire quelque chose à propos de ce château d'eau ?

L'air lui semble oppressant et plus lourd que jamais dans la véranda encerclée de moustiquaires. À l'horizon s'accumulent de gros nuages gris, comme une couverture jetée sur le ciel. Le sentiment

1. En anglais, *help* signifie « à l'aide ».

que Laurie tentait de chasser l'accable plus fort que jamais. Si seulement il ne faisait pas si humide ! Elle se cacherait dans son lit, sous ses couvertures, pour l'éternité…

– Eh bien… mieux vaut un appel à l'aide qu'une menace, non ? finit par commenter Alexia.

À ces mots, Laurie émet un petit rire nerveux. Son amie a sans doute raison : il semblerait que le garçon ne lui veut aucun mal. Pourtant, il a l'air tellement sinistre sur les photos ! Et le cauchemar était si effrayant !

Son cœur continue de cogner dans sa poitrine. Elle essaie de ne pas céder à la panique, mais… Alexia lit en elle comme dans un livre ouvert.

– Il faut trouver une explication, affirme-t-elle.

Elle prend Laurie par la main, ouvre la porte et l'entraîne dans la maison. Heureusement, il y fait plus frais.

– Nous allons lancer une petite recherche, déclare Alexia.

Et elle pousse son amie jusqu'au bureau, où toutes deux s'asseyent devant l'ordinateur. Laurie sourit, heureuse que son amie prenne les choses en main.

Dès qu'elles sont connectées à Internet, elles se rendent sur un moteur de recherche pour tenter d'obtenir des informations sur le château d'eau de Phelps. Aussitôt, une longue liste d'articles apparaît à l'écran.

– Pas le comté de Phelps au Nebraska ! glousse Alexia.

Laurie, elle, n'arrive pas à rire.

– Ni celui en Géorgie, ajoute Alexia en faisant défiler la page vers le bas.

Finalement, une seule référence lui paraît pertinente. Il s'agit d'un court article au sujet de Malcolm Phelps, le fondateur de la petite ville qui porte son nom, dans l'État du New Jersey. Il avait fait construire un château d'eau, en 1919…

– Bon, au moins, on sait que ce château d'eau existe, murmure Laurie, un peu soulagée. Ou qu'il a existé…

Alexia continue ses recherches, mais ne trouve rien qui confirme que le château d'eau est toujours en place.

– Comme quoi, on ne trouve pas tout sur Internet ! conclut Laurie en imitant le ton d'instituteur de son père.

Au fond, elle n'est pas certaine d'avoir envie que ce château d'eau soit réel. D'un côté, ce serait une bonne nouvelle, mais ça ne la rassurerait pas vraiment : comment aurait-elle manqué un objet aussi énorme ?

Son amie est sur le point de lancer une nouvelle recherche quand l'écran devient noir.

– Oh, oh…, marmonne-t-elle. Je crois que j'ai fait planter l'ordinateur.

Elle essaie de le redémarrer. Rien ne se passe. Laurie vérifie les branchements : tout semble parfait. Pourtant, l'ordinateur ne fonctionne toujours pas.

– Il est pratiquement neuf ! s'étonne Alexia en donnant une petite tape à l'écran. C'est bien la première fois qu'il fait ça !

Laurie se lève, et son Polaroïd heurte le coin du bureau. Elle baisse les yeux dans sa direction, sans pouvoir s'empêcher de se demander s'il a un rapport avec la panne de l'ordinateur.

– Bon, ce n'est rien, assure Alexia. Ma mère est un as de l'informatique : elle va réparer ça en un clin d'œil ! De toute façon, il est temps qu'on sorte prendre l'air. Tu es aussi blême que si tu avais vu un fantô…

Elle s'interrompt et se reprend :

– … Disons que tu as déjà eu meilleure mine.

Sur ces mots, elle s'apprête à sortir. Soudain, elle constate qu'elle est toujours en pyjama.

– Attends-moi ici, dit-elle à son amie. Je ne peux tout de même pas me balader comme ça dans la rue ! Ça nuirait à ma réputation de gravure de mode !

Puis elle monte dans sa chambre, pour se changer. Pendant ce temps, Laurie ressort le cliché sur lequel est apparu le château d'eau. Il est identique à celui dont parle le site Internet.

– Est-ce que tu étais vraiment là-bas ? lui chuchote la jeune fille.

Pour seule réponse, un courant d'air chaud passe par la fenêtre entrouverte.

Alors, Alexia revient, avec une jupe et des sandales, et un bagel à la main.

– Tu crois que nous pourrions convaincre ton père de retourner à Phelps ? demande-t-elle à son amie, d'un ton hésitant. Ça nous permettrait d'avoir le fin mot de cette histoire…

Laurie secoue la tête. Son père est plongé dans ses confitures ; à moins qu'il lui manque un ingrédient, inutile de l'imaginer s'éloigner de sa cuisine un seul instant. Il va faire mijoter des fruits, stériliser des bocaux, mesurer du sucre et de la pectine pendant toute la journée. Ce soir, la cuisine sera remplie de pots de confiture, et pour le repas il n'y aura que de la pizza.

– Le problème, c'est que tu ne dormiras pas, jusqu'à ce que tu aies la preuve que le château d'eau était bel et bien là…, fait remarquer Alexia.

Laurie esquisse une grimace. Une fois de plus, son amie a raison. Il faut absolument qu'elle sache si le château d'eau était réel. Sans ça, elle ne percera jamais le mystère du garçon.

– Bon, continue Alexia. Dans ce cas, il faut que nous allions quelque part où nous pourrons trouver des informations dignes de ce nom.

–6–

Même si Alexia ne l'a pas précisé, Laurie sait exactement où elles vont. Sa meilleure amie n'est pas seulement une adepte des brocantes et des marchés aux puces ; elle adore également la bibliothèque du centre-ville. Laurie aussi aime y aller. Elle aime le bâtiment, vaste et ancien, et la douce odeur des livres qui y flotte. Et puis — détail non négligeable — la bibliothèque est climatisée !

– Bibliothèque, nous voilà ! s'écrie joyeusement Alexia. J'espère que le barbu grincheux ne travaille pas aujourd'hui…

La porte à peine franchie, Laurie reprend la photo du château d'eau. Heureusement, celui que les jeunes filles appellent « le capitaine Moustache » n'est pas là. À la place, c'est une femme rousse à lunettes, d'allure studieuse mais sympathique, qui se tient à l'accueil. Alexia s'en approche et demande sans détour :

– Nous cherchons des informations sur le château d'eau de Phelps.

La femme lève les yeux de la pile de livres devant elle et leur sourit.

– Le château d'eau de Phelps ? répète-t-elle. Celui qui a été démoli ?

Laurie en avale presque sa langue. En une seule phrase, la bibliothécaire vient de balayer tous ses doutes : le château d'eau a donc bien existé, mais surtout... il n'existe plus !

– Oui ! répond-elle, d'une voix plus excitée qu'elle ne le voudrait. Celui-là !

– Est-ce que vous savez quand il a été démoli ? interroge Alexia.

Après tout, peut-être n'a-t-il été détruit que la veille... Dans ce cas, il serait logique qu'il figure sur le cliché.

– Hum..., réfléchit la bibliothécaire, je n'en suis pas certaine, mais je crois que c'était à la fin des années quatre-vingt-dix. Cette histoire a fait pas mal de bruit, à l'époque. De nombreuses personnes étaient opposées à sa démolition. On en a parlé dans les journaux pendant des semaines.

– Parfait... Euh... merci beaucoup ! bredouille Alexia.

Et elle s'apprête à faire demi-tour, quand Laurie la retient.

– Est-ce qu'on pourrait voir ces vieux journaux ? s'enquit-elle.

– Bien sûr ! accepte la bibliothécaire, toujours très souriante. Je vais vous conduire dans la section où se trouvent les microfilms, que vous pourrez consulter à votre guise. Il vous faudra d'abord retrouver les dates exactes, mais, avec un peu de persévérance, il n'y a aucune raison que vous n'y arriviez pas.

Sur ces mots, elle se lève et se dirige vers le fond du bâtiment.

Laurie n'est pas d'humeur patiente — bien au contraire ! Les pensées se bousculent dans sa tête, et chaque début de réponse débouche sur une nouvelle question. Le château d'eau qui apparaît sur la photo n'existe plus… mais alors, qu'en est-il du garçon ?

– Qu'est-ce qu'on va chercher, exactement ? chuchote Alexia, tandis qu'elles longent des rangées d'étagères pleines de livres.

– Je ne sais pas encore, répond Laurie.

Elle espère qu'elle le saura en temps voulu.

La bibliothécaire les fait entrer dans une pièce paisible, remplie d'armoires à documents et de machines pour visionner les microfilms.

– Ces classeurs contiennent tous les numéros du journal local depuis sa création en 1908, explique-t-elle.

Elle chausse ses lunettes de lecture et se penche pour déchiffrer les petites étiquettes collées sur les tiroirs des armoires.

– À votre place, je commencerais par la fin du printemps 1997, leur conseille-t-elle en ouvrant l'un des tiroirs du bas. Ça a dû se passer à peu près à cette époque-là…

– Super, merci ! dit Alexia.

Elle s'approche du tiroir et fait glisser son doigt sur les rouleaux de films impeccablement classés. De toute évidence, elle a retrouvé sa motivation et sa détermination. Laurie, elle, est impressionnée devant la quantité de microfilms qui se trouvent là : il y en a des rangées et des rangées… Autant chercher une aiguille dans une botte de foin ! Les bras lui en tombent d'avance…

Alexia s'empare d'une première bobine :

– Nous y voilà : 1er juin 1997…

Elle replonge la main dans le tiroir pour prendre de nouveaux rouleaux.

– Je m'occupe de 1997 et 1998. Tu peux prendre ceux de 1999 ? Comme ça, on les regardera tous en même temps.

Laurie obtempère. Elle attrape cinq microfilms dans un autre tiroir, et suit son amie en direction des machines. Aussitôt, Alexia s'installe devant l'une d'elles, tandis que Laurie hésite.

– Je sais que ça irait plus vite si on prenait chacune une visionneuse, balbutie-t-elle, mais je préférerais qu'on cherche ensemble…

Alexia lui jette un petit regard en coin.

– *D'accooooord*, répond-elle d'un ton traînant, comme pour demander à son amie : « Tu es sûre que ça va ? »

– Cette histoire me fait un peu flipper, c'est tout, dit Laurie.

Et la nuit blanche qu'elle vient de passer n'arrange rien. Elle a l'impression d'avoir la tête dans du coton.

Elle s'assied à côté d'Alexia, qui met la machine en marche. Bientôt, les gros titres et les articles de l'année 1997 défilent sur l'écran. Au bout de ce qui leur semble une éternité — mais il ne s'est sans doute pas écoulé plus de huit minutes —, elle s'arrête sur une publicité pour du gel.

– Tu as vu cette coiffure ? s'exclame-t-elle.

Le mannequin qui pose sur la photo a une coupe au carré ébouriffée et une frange crêpée qui flotte à cinq centimètres au-dessus de ses sourcils.

– Très joli, commente Laurie, sans conviction.

Plus le temps passe, plus son anxiété monte. Comme elle voudrait sortir d'ici ! Elle pousse un profond soupir, recale le Polaroïd contre sa poitrine, et s'efforce d'arrêter de gigoter.

Alexia continue de faire défiler les articles. Le deuxième microfilm est terminé ; rien. Elle insère le troisième dans la machine, et les images recommencent à défiler sous leurs yeux comme une masse confuse et interminable.

– Toujours rien…, ronchonne Alexia. Tu veux prendre le relais ?

Laurie regarde par la fenêtre de la petite pièce. Dehors, des enfants s'amusent à s'arroser en poussant de grands cris. Ils profitent de la chaleur estivale.

– Hé, ho ! râle Alexia.

– Oui, désolée…, répond Laurie.

La pauvre Alexia fait tout le boulot pendant qu'elle rêvasse ! Penaude, elle tend la main vers la boîte du prochain microfilm et constate qu'il est posé sur la table, complètement déroulé. Est-ce elle qui a fait ça ? Elle observe ses mains en frissonnant ; elle ne se rappelle pas avoir touché à quoi que ce soit.

– En fait, je n'ai plus envie de chercher, déclare-t-elle. De toute façon, ça ne mène nulle part. On est à la fin de l'été, et nous, qu'est-ce qu'on fait ? On lit de vieux journaux ! C'est nul : sortons d'ici !

Alexia lève un sourcil intrigué, ouvre la bouche pour protester, puis se ravise. Sans dire un mot, elle appuie sur le levier de la machine, rembobine le film, le sort et le range dans sa boîte. Laurie lui est reconnaissante de ne pas lui demander de se justifier.

– Merci, dit-elle en ramassant le film déroulé.

Elle le range en hâte dans sa boîte, en prend deux autres qui lui échappent des mains. Elle les rattrape et commence à les entasser pêle-mêle dans le tiroir.

– Hé ! la rabroue Alexia. Il faut les ranger convenablement…

– Désolée, je suis juste pressée d'aller m'amuser un peu, réplique Laurie en s'efforçant de parler d'une voix joyeuse. Il ne reste que deux jours avant la rentrée, et…

Elle écarte la sangle de l'appareil de son cou moite.

– Je suis d'accord avec toi, dit Alexia.

Là-dessus, elle classe soigneusement les derniers films, referme les tiroirs, et toutes deux quittent la bibliothèque.

*

– Tu me prêtes ton appareil photo ? demande Alexia, lorsqu'elles sont dans la rue. Il doit être lourd ; ça te fera une petite pause.

Elle approche la main de la sangle. Instinctivement, Laurie la saisit pour la retenir. D'abord surprise, Alexia éclate de rire :

– Allez ! Je veux juste l'essayer ! Je n'ai pas encore pris la moindre photo avec…

Laurie se sent ridicule d'avoir empêché son amie de lui prendre l'appareil. Elle fait passer la sangle par-dessus sa tête, et ses doigts tremblent un peu quand elle tend le Polaroïd à son amie. Lorsque Alexia le passe à son cou, une grosse bourrasque de vent soulève un tas de feuilles mortes et les fait tourbillonner comme une mini-tornade. Puis le vent se calme aussi vite qu'il s'est levé.

« Bizarre », songe Laurie.

– Pouah ! gémit Alexia en crachant un morceau de feuille. Est-ce que j'ai des feuilles dans les cheveux ?

Elle baisse la tête, et Laurie inspecte ses petites tresses, d'où elle retire quelques brindilles et des bouts de feuilles. Elle demande ensuite à Alexia d'en faire autant.

– C’est bon : tu n’as plus rien, conclut celle-ci. Allons chercher nos vélos.

Quelques minutes plus tard, les filles roulent dans la rue principale. Alexia est devant son amie, elle regarde les vitrines et s’arrête par moments pour prendre une photo. Laurie s’efforce alors de ne pas la percuter et, surtout, essaie d’oublier l’inquiétude croissante qui lui tenaille le ventre. D’abord l’ordinateur. Puis le tourbillon de feuilles. Quel phénomène étrange va encore se produire aujourd’hui ?

Alexia fait une halte devant la boutique de leur vendeur de glaces préféré.

– Est-ce que tu as envie d’un petit bonheur glacé ? demande-t-elle en souriant.

Impossible de refuser.

– Bien sûr, répond Laurie à contrecœur.

– Je te l’offre ! ajoute Alexia en sautant de son vélo.

Elle disparaît dans la boutique et revient un instant après, avec deux cornets remplis d’une belle spirale orange. Les deux amies s’installent sur un banc.

– J’adore la saison des pêches, dit Alexia en prenant une grande lampée de glace.

Laurie aussi savoure le goût sucré du sorbet. C’est délicieux.

– Pas autant que mon père ! rétorque-t-elle en riant. Il était à la cuisine dès le lever du soleil, ce matin.

– Tant mieux ! se réjouit Alexia. Ses confitures sont excellentes. Tu savais qu'il m'a proposé de m'apprendre à en faire ? D'ailleurs, on devrait peut-être rentrer. Il est presque 11 heures.

– Retourner dans cette cuisine étouffante ? Jamais ! déclare Lauric.

Elle tend la main vers son amie :

– Tu me rends l'appareil ? Je voudrais prendre une photo.

Elle imagine déjà le gros plan sur sa glace vue d'en haut.

Alexia lui jette un coup d'œil intrigué, avant de passer la sangle au-dessus de sa tête. Laurie saisit le Polaroïd. L'avoir entre les mains lui fait du bien. Elle a l'impression de ne pas l'avoir touché depuis des jours. Elle le tient d'une main au-dessus de son cornet, puis appuie sur le bouton, mais rien ne se produit.

– Tu as fini la pellicule ! s'écrie-t-elle en lançant un regard furieux à Alexia.

Cette dernière finit sa glace en lui rendant un regard perplexe :

– Tu as une autre pellicule dans ton sac, et cinq cents autres chez toi, rétorque-t-elle calmement.

Laurie sourit d'un air bête.

– Oui, c'est vrai, bredouille-t-elle. Merci, Jacob !

Puis, leurs glaces terminées, les deux filles remontent sur leurs vélos. Laurie s'efforce de retrouver une humeur enjouée ; peine perdue.

Juste avant d'atteindre la 4e Rue, Alexia freine si soudainement qu'elle laisse presque des traces de pneu noires sur le bitume.

– Hé ! Tu pourrais prévenir ! gronde Laurie, en tournant son guidon pour éviter son amie.

Alexia ne répond pas. Elle pose son vélo contre le mur d'un immeuble et pénètre à l'intérieur.

« Elle a perdu la boule, ou quoi ? » se fâche intérieurement Laurie en constatant qu'Alexia vient d'entrer dans une galerie d'art.

Elle attache les vélos et se hâte de la suivre en râlant à voix haute :

– Je lui ai pourtant bien dit que je ne voulais pas participer à ce concours !

La galerie est fraîche, tranquille et haute de plafond, avec des poutres apparentes. Le plancher en bois craque sous les pas de Laurie, tandis qu'elle rejoint son amie au fond de la vaste pièce. Alexia se tient devant un mur couvert de photos.

– Qu'est-ce que tu fiches ? demande Laurie, toujours fâchée.

– J'avais envie de m'arrêter, c'est tout. Tiens, j'ai pris ça pour toi…

Elle lui tend un formulaire d'inscription au concours avant de se tourner de nouveau vers le mur.

– Ce sont les gagnants des années précédentes.

Par expérience (et pour avoir observé son amie en train de marchander), Laurie sait qu'Alexia ne souffre aucun refus. En général, ça ne la dérange pas ; elle trouve même cela amusant. Mais quand cette insistance est dirigée contre elle, elle trouve cela vraiment agaçant. Elle chiffonne le formulaire en boule, en jetant malgré elle un coup d'œil aux photographies sur le mur. Alors, elle est subjuguée.

Les clichés sont très différents les uns des autres. Il y en a de toutes sortes : un gros plan sur la langue d'un chien à l'air content, un pré couvert de rosée sous la lumière de l'aube, une table mise où il ne manque qu'une cuillère… Chaque photo raconte une histoire, et c'est exactement pour cela que Laurie aime cette discipline : un instant capté par l'œil d'un appareil photographique révèle souvent bien plus qu'on ne pourrait le croire.

Les deux amies s'attardent donc devant le mur. Toutes les photos sont excellentes, mais Laurie ne cesse de revenir devant l'une d'elles : celle des couverts posés sur une table, en noir et blanc. Cette image toute simple est étrangement captivante. On dirait qu'elle a été prise dans un petit boui-boui, peut-être même *Chez Sam*. Laurie aime la tache de café sur la nappe, qui semble indiquer l'endroit où la cuillère devrait être posée. L'ensemble donne une impression de solitude.

– Regarde, dit Alexia en désignant deux étiquettes collées sous des photos. Un gars nommé Fred Harvey a gagné deux fois de suite.

C'est exact, le même nom apparaît à deux reprises. La première photo de Fred Harvey montre des jambes et des pieds qui pendent d'un quai au-dessus de l'eau — ceux d'un homme, d'une femme et d'un enfant qui semblent profiter de l'été. La seconde est celle des couverts, celle qui fascine tant Laurie.

– Ces deux images sont très différentes, fait remarquer Alexia d'un ton songeur. On n'imaginerait pas qu'elles ont été prises par la même personne.

Laurie défroisse discrètement le formulaire d'inscription. Elle le lisse du plat de la main, avant de le glisser dans son sac. C'est incroyable comme une simple photo peut totalement modifier notre façon de voir les choses !

–7–

Les deux amies continuent de contempler les photos en silence pendant plusieurs minutes.

– Ton nom pourrait figurer sur ce mur, déclare finalement Alexia. Tu imagines ?

Laurie lève les yeux au ciel. Imaginer participer au concours est une chose. De là à s'attendre à gagner… il ne faut pas exagérer.

– Ne brûlons pas les étapes…, grogne-t-elle.

C'est Alexia tout craché : elle a toujours tendance à mettre la charrue avant les bœufs.

– N'empêche, j'ai l'impression que l'idée fait son chemin…, murmure-t-elle, taquine.

Et elle se dirige vers la sortie. Son amie lui emboîte le pas et l'attrape par le bras :

– Ce que tu peux être agaçante, par moments !

À cet instant, un grand fracas retentit au fond de la pièce. Avant même de se retourner, Laurie devine ce qui s'est passé : l'un des cadres accrochés au mur vient de tomber. Oui, mais lequel ? Elle jette un coup d'œil, et son cœur se serre : c'est la photo qu'elle a tant admirée, celle avec la tache de café ! Le verre du cadre s'est brisé en mille éclats. Tout comme les derniers restes de courage de Laurie.

– Mais que se passe-t-il, ici ? gronde une voix grave.

Un grand homme aux cheveux poivre et sel sort de la réserve et se dirige vers le fond de la galerie. Les filles l'observent, tandis qu'il se penche pour examiner la photo. Il la retire des débris, puis repart, probablement pour aller chercher un balai.

– Filons d'ici ! chuchote Alexia.

Laurie se demande si elles ne feraient pas mieux de rester. Puisqu'elles n'étaient pas à côté de la photo quand l'incident s'est produit, elles n'en sont pas responsables. Mais l'homme a manifestement les choses en main, alors… Elle hoche la tête et suit son amie à l'extérieur.

Les deux filles reprennent leurs vélos et pédalent en silence dans la 4e Rue. Laurie essaie d'avoir des pensées positives, mais son humeur lugubre lui englue l'esprit comme une substance poisseuse de film d'horreur.

Enfin, Alexia brise le silence :

– Hé ! fait-elle, comme si elle venait d'avoir une idée de génie. Et si je dormais chez toi, ce soir ? Demain, ce sera notre dernière journée de liberté avant la rentrée : nos parents ne pourront pas refuser !

Laurie hésite. Elle en a envie, bien sûr, mais elle doute d'être d'une compagnie agréable. De plus, elle ne veut pas se coucher tard ; elle est si fatiguée !

– Eh bien, quoi ? insiste Alexia. Il faut profiter un peu de la vie avant le retour du train-train quotidien, non ?

– Oui, bonne idée, cède Laurie.

Ce n'est pas tout à fait sincère, mais mieux vaut cela que de passer la soirée toute seule — ses parents ont prévu de sortir.

– Super ! Je vais aller demander la permission à mes parents et prendre quelques affaires, avant de te rejoindre chez toi.

Là-dessus, elle salue son amie de la main, et s'éloigne dans la rue.

– Super…, répète Laurie.

Mais la situation est loin de lui plaire.

*

Quand, quelques heures plus tard, Alexia arrive chez les Gabriel, Laurie a toujours l'impression d'être dans le brouillard.

Son amie entre dans le salon et se laisse tomber sur le canapé.

– Pourquoi tu n'enlèves jamais ce truc ? demande-t-elle, le nez plissé, en désignant le Polaroïd.

– Quel truc ?

Laurie baisse les yeux et s'aperçoit que l'appareil est toujours suspendu à son cou. Tout l'après-midi, alors qu'elle allait et venait dans la maison, elle ne s'en était même pas rendu compte.

– Je… euh… je voulais prendre quelques photos des confitures de mon père, improvise-t-elle. Ça te dit ?

Alexia la suit dans la cuisine, où des rangées de bocaux remplis de confiture s'alignent sur le comptoir, attendant d'être étiquetés. La dernière fournée est encore chaude, et les bocaux sont à l'envers pour éviter la prolifération des bactéries.

– Vous admirez mon travail ? déclare M. Gabriel en entrant dans la cuisine, habillé pour sortir et un grand sourire sur le visage.

Il se penche au-dessus des pots et tapote le fond de l'un d'eux :

– Coucou, mes petites merveilles !

Laurie lève les yeux au ciel et se retient de lui dire que ses petites merveilles vont finir dans son estomac dans un avenir proche.

M. Gabriel dépose de l'argent sur le comptoir afin que les filles puissent commander une pizza, puis il se tourne vers Alexia :

– Tu n'es pas venue, finalement, ce matin… Tu sais, je ne propose pas à tout le monde de dévoiler mes secrets sur la confiture !

– Oui, désolée, monsieur Gabriel, bredouille Alexia. Je veux vraiment apprendre à faire des confitures avec vous, mais, ce matin, on a juste été… euh… occupées.

Elle jette un coup d'œil à Laurie, qui se sent un peu coupable. Sa meilleure amie a passé la plus grande partie de la journée à essayer de percer le mystère du Polaroïd. Alors, Laurie se promet que la soirée sera différente : ce soir, elles vont s'amuser !

Elle s'empare de l'appareil, vise son père et ses « petites merveilles » :

– Souris, papa !

Elle s'assure qu'elle a bien cadré, puis appuie sur le bouton. L'Impulse ronronne.

– La prochaine fois, on fera plein de bonnes confitures, promis ! affirme Alexia.

Elle sourit et fait courir son index sur les bocaux luisants. M. Gabriel lui en tend un :

– On aurait pu reporter la séance à demain ; il reste encore une caisse de pêches dans la véranda. Mais j'ai une réunion, alors nous devrons nous contenter de ces quelques pots…

Laurie observe les rangées de bocaux. Il y a assez de confiture pour l'hiver entier, même s'il décide de donner quelques pots à des amis. Sans oublier qu'il y a également deux caisses remplies de pots de confiture de fraises dans le cellier. Seulement, pour son père, ce n'est jamais assez…

– Quel gaspillage, ces fruits inutilisés ! murmure-t-il.

– Ne t'inquiète pas, papa, le rassure Laurie en lui tapotant le dos. J'ai entendu parler d'une chose étrange qu'on peut faire avec les pêches : les manger telles quelles !

– Très drôle, grogne-t-il.

Il consulte sa montre, et appelle sa femme :

– Chérie ? À quelle heure commence le film, déjà ?

Mme Gabriel entre justement dans la cuisine. Elle regarde son mari en haussant les sourcils, puis s'adresse aux filles :

– Il est encore contrarié par ses histoires de confiture ?

Elles n'ont pas besoin de répondre.

– Bon, reprend Mme Gabriel, je vais aller lui faire prendre l'air !

Elle entraîne son mari vers la porte en continuant à plaisanter :

– Cet homme a besoin de distractions…

PAF ! Un bruit sec retentit dans la cuisine. Laurie se retourne, bouche bée. Le couvercle de l'un des pots posés à l'envers a sauté. La confiture collante se répand sur le comptoir. *PAF !* Un autre bocal s'ouvre !

– Qu'est-ce qui se passe ? demande Mme Gabriel.

– Je ne sais pas ! Je ne sais pas ! gémit son mari. Ce sont les dernières confitures que j'ai préparées ; elles avaient pourtant l'air parfaites…

Un troisième couvercle saute, et la confiture s'échappe comme une coulée de lave.

– Tant pis, chéri, murmure la mère de Laurie. On doit y aller, sinon on va rater le début du film.

– Mais…, balbutie-t-il.

Son regard passe de ses pots à la porte.

– Ne t'inquiète pas, papa, intervient Laurie. On va tout nettoyer.

Elle n'a jamais vu son père aussi affolé.

– Je suis certain d'avoir tout fait comme il fallait… J'ai utilisé la même pectine que pour les autres… J'ai…

Il sort de la pièce à reculons, en parlant tout seul. Il repasse chaque étape de la confection en se demandant ce qui a bien pu clocher.

– Peut-être que les couvercles étaient défectueux ? conclut-il.

« Ou peut-être qu'il y a une autre explication… », songe Laurie.

– Dis donc, ton père est dans un sacré état ! s'exclame Alexia quand la porte se referme derrière les parents de son amie.

– Oui, et le comptoir aussi ! signale Laurie.

La confiture de pêche poisseuse et collante s'est répandue sous les bocaux, les faisant adhérer au comptoir de granit. Soudain, Laurie regrette d'avoir proposé de le nettoyer.

– Bon, tu laves et j'essuie ! décide Alexia.

Laurie fait couler de l'eau chaude, prend du savon, et commence à nettoyer le fond des bocaux toujours scellés. Chaque fois qu'elle tend le bras vers un nouveau pot, le Polaroïd cogne sur le comptoir.

– Pourquoi tu n'enlèves pas ce truc ? demande Alexia.

Laurie ressent une pointe d'agacement. D'abord son amie la force à s'inscrire à ce concours, ensuite elle la harcèle avec cette histoire d'appareil…

L'Impulse heurte de nouveau le bord de l'évier, au risque de se faire mouiller. Alexia a raison, reconnaît enfin Laurie. Et elle se sent ridicule, une fois de plus. Elle retire la sangle et pose l'appareil sur le comptoir. Voilà. C'est mieux.

Non… en fait, ce n'est pas mieux. En quelques secondes à peine, une grande anxiété l'envahit. Elle se dépêche de terminer le nettoyage. Allez, plus vite ! Elle finit de laver les bocaux, puis range ceux qui sont secs dans un placard.

– Bon, c'est fini ! déclare-t-elle en posant le dernier pot.

Elle s'apprête à aller reprendre son appareil photo, quand Alexia lui bloque le passage, avec un sourire rusé et un peu suspect.

« Oh, non ! pense Laurie. Qu'est-ce qu'il y a encore ? »

–8–

– Combien de fois as-tu regardé ton père en train de faire de la confiture ? s'enquiert Alexia.

– Des millions de fois, répond Laurie.

Elle essaie de contourner son amie pour prendre son Polaroïd, mais Alexia se déplace pour se mettre en travers de son chemin.

– Donc, tu sais comment on fait ?

Quelque chose dans son ton oblige Laurie à s'immobiliser.

– *Ouiiii*, dit-elle d'une voix traînante.

– Parfait ! Alors, on va lui préparer d'autres pots, pour l'aider.

« Oh, non ! se lamente intérieurement Laurie. Comme si je n'avais pas assez d'ennuis comme ça ! »

Mais il est vrai qu'elle cuisine assez bien pour se charger de cette mission. Et, quand Alexia a une idée en tête, rien ne peut l'arrêter. Laurie a déjà vu la détermination de son amie les mener à des succès inattendus, comme cette fois, en CM1, où elles ont remporté le concours de science, ou cette autre fois, au début de l'été, où elles sont parvenues à vendre toutes leurs pâtisseries pour la maison des associations… Toutefois, elle a aussi été témoin d'échecs spectaculaires. Par exemple (entre autres), la catastrophe de la patinoire dans le jardin, ou le désastre de la garderie pour chiens… Étant donné les événements des derniers jours, Laurie est convaincue que l'atelier confitures sera à classer dans la catégorie « échecs ».

Quarante minutes plus tard, les deux copines sont plongées jusqu'aux coudes dans leur préparation. Elles pèlent les pêches et les réduisent en purée. Laurie ébouillante un fruit, puis en retire facilement la peau. Elle l'ouvre avec ses doigts, laisse les deux moitiés de la pêche tomber dans un grand bol, avec d'autres déjà pelées, et va jeter épluchures et noyau dans le bac à compost.

– Pêche numéro soixante-cinq ! grogne-t-elle.

– Oh, allez, c'est amusant ! s'écrie Alexia en mettant une pile de morceaux de pêches dans un plat pour les écraser. Et puis, regarde : je les ai déjà toutes transformées en bouillie !

À deux, c'est vrai, ça avance plus vite.

Alexia coupe quelques nouvelles pêches et se dirige vers l'évier. Elle ouvre le robinet avec son coude, les mains en l'air. Elle évoque à son amie un chirurgien qui se lave les mains après une opération. Sauf que celles d'Alexia sont couvertes de jus, pas de savon désinfectant. Il leur faudrait des doigts crochus : les pêches pelées sont si glissantes !

– Hé, reviens ici ! lance Alexia à un fruit qui lui échappe des mains et tombe sur le sol.

Il s'écrase sur le carrelage avec un bruit mouillé, traverse la cuisine et va se coincer sous le réfrigérateur. Alexia le ramasse et le rince sous le robinet.

– Personne ne le saura ! commente-t-elle en riant.

Enfin, les pêches sont pelées et écrasées. Les filles sont prêtes à se mettre à faire la confiture proprement dite.

Laurie mesure plusieurs tasses de bouillie de pêches, qu'elle verse dans une grande marmite sur une plaque chauffante. Derrière elle, Alexia ouvre une boîte de pectine.

– Quelle quantité je dois en mettre ? demande-t-elle d'une voix excitée.

La pectine sert à épaissir la confiture.

– Suis le mode d'emploi sur l'emballage, lui conseille Laurie.

Alexia observe la boîte.

– Il n'y a pas de mode d'emploi, déclare-t-elle.

Laurie pousse un profond soupir. Pas de mode d'emploi ? Zut. Combien de fois son père lui a-t-il dit que seuls les pros peuvent se permettre de mettre de la pectine à l'œil, au risque de rater complètement la confiture ?

« Environ cent mille fois… »

Alexia déchire un sachet d'un coup sec, et un peu de poudre blanche tombe sur le bord du comptoir. Laurie, elle, regarde la bouillie de fruits dans la marmite.

– J'ai mis cinq tasses de pêches, dit-elle. À mon avis, il faut verser tout le sachet de pectine.

Elle essaie de revoir son père en train d'effectuer la même tâche.

– Ou peut-être deux sachets ?

Elle a hâte de sortir de la cuisine. Elle se sent toute collante. Mais il lui semble qu'elle oublie quelque chose… Ses yeux se posent sur le Polaroïd, qui attend patiemment sur le comptoir.

Alexia verse le deuxième sachet de pectine dans la marmite :

– Voilà. Et maintenant ?

– Augmente la température des plaques, dit Laurie. Ça doit bouillir.

Mais oui, bien sûr : il n'y a pas que la mixture qui doit bouillir ! Les bocaux aussi !

– Oh, non ! s'écrie-t-elle. On a oublié de stériliser les pots !

Sur ces mots, les deux filles retirent l'appareil photo du comptoir, et posent huit bocaux vides dans une seconde marmite, qu'elles remplissent d'eau. La marmite est si lourde qu'elles doivent s'y mettre à deux pour la porter jusqu'à la cuisinière. L'eau déborde et arrose la manche de Laurie.

Pendant ce temps, le mélange a commencé à bouillir. Laurie le touille un peu, puis ajoute le sucre, et patiente quelques instants avant de baisser le feu. La confiture semble visqueuse, et sa couleur est moins éclatante que lorsque M. Gabriel est aux fourneaux. Laurie se remémore son secret : pour une bonne confiture, il faut une cuisson rapide. Décidément, songe-t-elle, elle n'aura pas le même goût…

– Et maintenant, qu'est-ce qu'on fait ? demande Alexia.

En guise de réponse, Laurie lèche un peu de pulpe de fruit restée sur son pouce, puis se hisse sur la pointe des pieds pour attraper son Polaroïd. Alexia esquisse une grimace : visiblement, elle en a marre, des photos.

– Bon, tant pis…, souffle Laurie, déçue.

Elle est épuisée, affamée, irritable. Elle voudrait que la confiture soit déjà prête. Ce n'était pas malin d'entreprendre un tel projet juste avant l'heure du dîner.

Finalement, l'eau des bocaux se met à bouillir. Alexia saute du comptoir où elle était assise, et va vérifier le contenu de la marmite de confiture. Alors, elle arbore une expression consternée.

– Quoi ? Qu'est-ce qu'il y a ? s'alarme Laurie.

Elle s'approche à son tour de la marmite et écarquille les yeux. La confiture est maintenant d'une couleur peu appétissante, à mi-chemin entre celle de la boue et celle des algues. Et elle dégage une violente odeur de brûlé.

– J'abandonne, déclare Alexia, dégoûtée.

Laurie est surprise d'entendre cela de la bouche de sa meilleure amie. Habituellement, ça l'inquiéterait. Mais aujourd'hui, ça la soulage. Elle éteint le feu sous la marmite remplie de pots et enfile des gants isolants. Elle transporte la marmite de confiture jusqu'à l'évier, y ajoute de l'eau, et laisse le mélange se liquéfier. En regardant la masse visqueuse se dissoudre, elle ajoute mentalement cet épisode à la liste des événements auxquels elle ne veut plus penser. Puis elle ferme le robinet et va prendre le téléphone :

– Et si on commandait notre pizza ?

*

– C'est l'heure du relooking ! s'exclame Alexia.

La pizza n'arrivera pas avant trente minutes. Les filles ont donc du temps devant elles. Alexia entraîne Laurie hors de la cuisine, si vite que cette dernière peine à déposer le combiné du téléphone pour prendre son Polaroïd.

Dans la salle de bains, à l'étage, Alexia pose son énorme trousse à maquillage sur le lavabo, avant de commencer à sortir des tubes, du fard à paupières et à joues, des crayons et des pots. Elle adore essayer de nouveaux produits, et achète tout le temps des quantités de choses. Ce soir, c'est évident, Laurie lui servira de cobaye. D'habitude, celle-ci résiste et préfère observer. Mais, ces temps-ci, elle songe que ce serait bien de se transformer en quelqu'un d'autre… au moins temporairement. Elle s'assied donc sur le couvercle des toilettes, et tend son visage à son amie.

– Ce mois-ci, je me concentre sur les yeux, explique Alexia.

Elle couvre les paupières de Laurie d'un fard mauve.

– Je vais utiliser des tons de terre, pour toi. Ça mettra en valeur tes yeux verts.

– Comme tu veux, ma mignonne ! plaisante Laurie.

Alexia lui donne une tape sur le bras :

– « Comme tu veux, *beauté* ! », tu veux dire !

Elle agite ses petites tresses et lève les yeux au ciel d'un air théâtral. Laurie glousse et tourne la tête vers le miroir pour voir le résultat.

– Ah, non ! la rabroue Alexia en lui attrapant le menton. Je n'ai pas encore fini !

Elle prend un crayon pour le contour des yeux.

– Est-ce que tu peux te dépêcher ? lui dit Laurie.

– Il ne faut jamais bousculer un artiste en train de créer !

Laurie soupire et se résigne à se faire encore malmener pendant quelques instants.

Enfin, Alexia repose son matériel sur le lavabo :

– Prête ?

– Oh, oui ! répond Laurie, en se levant pour aller examiner son visage.

Elle contemple son reflet dans le miroir. Ce n'est pas si affreux. Ni ridicule, comme elle s'y attendait.

Mais le crayon noir qu'Alexia a utilisé sur ses sourcils habituellement clairs a complètement changé son allure. Ce n'est plus elle. Elle ressemble à quelqu'un d'autre...

Les yeux plissés, elle essaie de comprendre pourquoi sa nouvelle apparence lui semble familière. Elle tourne la tête d'un côté, de l'autre, creuse les joues et prend un air sérieux — comme un mannequin qui joue la mélancolie.

Alexia aussi contemple son amie, et admire son propre travail.

– En fait, tu ressembles un peu à ce garçon..., murmure-t-elle. Celui des photos.

Laurie se fige. Elle approche son visage du miroir. Aussi bizarre que cela puisse paraître, son amie a raison. À vrai dire, ce n'est pas tant qu'elle ressemble à ce garçon. Elle a plutôt l'impression qu'il regarde à travers elle. Plus elle s'observe, plus elle voit quelqu'un d'autre. Quelqu'un qui la fixe par ses propres yeux.

– Tu as raison, chuchote-t-elle en frissonnant.

Alors, on sonne à la porte. Les deux filles sursautent. Laurie pousse même un petit cri. Alexia, elle, se lève d'un bond, renversant une boîte de mouchoirs qui tombe sur le sol et les fait sursauter de nouveau.

– Je vais aller ouvrir, déclare-t-elle, se ressaisissant la première.

Elle ramasse la boîte de mouchoirs et la met entre les mains de Laurie :

– Toi, tu n'as qu'à te démaquiller.

Laurie ne proteste pas. Elle verse un peu de démaquillant sur un mouchoir et commence à frotter son visage. Quelques instants plus tard, ses sourcils sont redevenus blonds. Elle jette le morceau de papier dans la poubelle et se hâte de descendre l'escalier, en essayant de focaliser ses pensées sur la délicieuse pizza qui l'attend.

Après avoir regardé quelques mauvaises émissions à la télé, malgré son estomac rempli de pizza et le son rassurant des ronflements d'Alexia à côté d'elle, Laurie n'arrive pas à dormir. Chaque fois qu'elle ferme les yeux, elle voit le gaçon des photos ou — pire encore ! — son propre reflet avec les yeux tristes de l'inconnu. Est-il… *entré en elle* ? Est-elle vraiment possédée ? Et, si oui, le sera-t-elle pour toujours ?

Elle frissonne et se redresse sur son lit. Plus elle tente de se convaincre que l'appareil photo n'a rien d'anormal, plus les phénomènes étranges se multiplient. Elle songe soudain qu'elle devrait plutôt faire face à la situation.

Elle sort une lampe de poche de sa table de nuit. En prenant soin de ne pas diriger le faisceau vers Alexia, elle étale les photos de la journée sur sa couette. Elle ne sait pas vraiment ce qu'elle cherche, mais elle veut désespérément trouver *quelque chose.*

Hélas, sur les clichés du jour, il n'y a aucun signe d'un quelconque appel à l'aide, ni d'éléments qui n'existent pas. Laurie examine soigneusement chaque image, mais le garçon-fantôme n'est visible nulle part.

– Bon, il faut qu'on parle, dit-elle à mi-voix. Si tu veux que je t'aide, tu dois arrêter de me faire peur et de provoquer des choses étranges. D'accord ?

Sur ces mots, elle ferme les yeux et essaie de se détendre. Décidément, elle perd les pédales ! Parler à un fantôme, au beau milieu de la nuit ! Le manque de sommeil doit augmenter son degré d'anxiété. En soupirant, elle promène de nouveau le faisceau de la lampe sur la rangée de photos. Elle s'arrête sur un cliché qui montre Alexia appuyée sur une petite voiture décapotable. Et là, dans le rétroviseur, elle aperçoit le reflet du garçon, l'air plus tourmenté que jamais.

– Te voilà ! chuchote-t-elle. Alors, qu'est-ce que tu attends de moi ? Qu'est-ce que tu essaies de me faire comprendre ?

Le visage du garçon est minuscule, et pourtant étonnamment clair — c'est l'image la plus nette que Laurie ait vue de lui. En s'approchant, elle remarque qu'il fixe quelque chose. Elle suit son regard figé, jusqu'à une plaque d'immatriculation, au bord du cliché.

« Une plaque d'immatriculation ? »

Qu'est-ce que cette plaque peut bien avoir de spécial ? D'autant qu'on ne la voit même pas entièrement. On n'aperçoit que le chiffre 9.

– Des chiffres ? interroge Laurie. Tu veux me montrer des chiffres ?

Elle dirige la lampe de poche vers les autres photos. Il y a des chiffres sur presque toutes les images. Rapidement, tenant la lampe entre ses dents, elle dispose les clichés dans l'ordre où ils ont été pris — une chose qu'elle aurait dû faire depuis le début. Et voilà…

Laurie prend les photos une par une, et elle inscrit chacun des chiffres qu'elle voit dans un petit carnet. Sur la photo de la bibliothèque, on aperçoit le chiffre 1 au-dessus de la porte. Sur celle qu'Alexia a prise devant le marchand de glaces, on voit une partie de l'adresse : 331. La plaque d'immatriculation, donc, porte un 9. Et une photo prise devant un garage automobile annonce qu'un article est en solde à 98 cents.

Sur le carnet de Laurie, il est donc noté : 1.3.3.1.9.9.8.

Sept chiffres. Est-ce qu'il s'agit d'un numéro de téléphone ? Laurie se demande si elle ne devrait pas essayer de les composer, quand les quatre derniers chiffres — 1998 — lui sautent aux yeux. La bibliothécaire n'a-t-elle pas dit que le château d'eau a été détruit à la fin des années quatre-vingt-dix ? Et si c'était en 1998 ?

Un frisson parcourt l'échine de la jeune fille. Elle est soudain certaine qu'il s'est produit quelque chose d'important le 13 mars 1998.

–9–

– Est-ce qu'on pourrait parler d'autre chose pendant cinq minutes ? demande Alexia, la bouche pleine de céréales. Comme du collège, par exemple, ou de Victor Duenas, ou de comment je vais convaincre M. Bernard de me laisser m'occuper de la mise en scène de la prochaine pièce de théâtre du…

Les deux amies sont dans la cuisine. Après sa découverte, Laurie n'a pratiquement pas dormi. Elle a dû faire appel à toute sa volonté pour se retenir de réveiller Alexia à 3 heure 30. Résistant à cette tentation, elle s'est promis qu'elle lui en parlerait pendant le petit déjeuner.

Elle pousse un profond soupir. De toute évidence, Alexia en a marre, du Polaroïd et des histoires de fantômes. Mais le cœur de Laurie bat la chamade. Elle se sent extrêmement nerveuse, et prête à l'action. D'ailleurs, elle est étonnée d'avoir de l'appétit. Elle avale le lait qui reste dans son bol, puis désigne les photos sur la table.

– Je sais que ça t'énerve, mais j'ai besoin de comprendre. Je pense que ces chiffres forment une date : le 13 mars 1998. Je n'en suis pas certaine, bien sûr, seulement je crois qu'on devrait aller vérifier. En plus, ce n'est pas comme si on avait un million d'autres indices…

Alexia la fixe droit dans le yeux :

– Ça te tracasse tant que ça ?

Même si la réponse est évidente, Laurie hoche la tête.

– Bon, dit Alexia.

Elle mâche d'un air songeur, avale, puis ajoute :

– Dans ce cas, on n'a qu'à retourner à la bibliothèque. Mais à une condition : on règle cette histoire aujourd'hui. Après, on laisse tomber.

Laurie laisse échapper un petit rire nerveux.

– Je suis sérieuse, la rabroue Alexia. Cet appareil photo et cette espèce de fantôme commencent à me taper sur les nerfs. Si on ne trouve pas d'explication AUJOURD'HUI, on se débarrasse de ce truc, point final.

Et elle donne une petite tape au Polaroïd, qui est — bien sûr — sur les genoux de Laurie.

– Mais…

– Il n'y a pas de « mais » ! On le jette ! Je t'en trouverai un autre. Je te le paierai. J'irai même sur eBay, s'il le faut !

Laurie prend une longue inspiration. Son amie est vraiment sérieuse. Si elle veut enfreindre leur code d'honneur au sujet des achats sur Internet, c'est qu'il y a urgence.

La jeune fille déglutit péniblement et hoche la tête, tout en posant une main protectrice sur son Impulse. Une journée. Elles ont une journée pour résoudre ce mystère.

« Allez, tu en es capable, s'encourage Laurie. Tu as déjà réussi des choses incroyables en peu de temps, comme… comme nettoyer la cuisine hier… »

Ça n'a pas été facile de débarrasser le carrelage, la cuisinière et le comptoir de la matière visqueuse qui était supposée être de la confiture.

Les filles mettent leurs bols dans le lave-vaisselle, vont saluer la mère de Laurie qui lit le journal dans le salon, puis se dirigent vers la porte. Elles ne tiennent pas à être là quand M. Gabriel rentrera et constatera que la moitié de sa caisse de pêches a disparu. Dehors, il fait un peu plus frais que la veille. Quelques nuages dérivent dans le ciel, et une douce brise empêche l'air d'être suffocant.

Elles mettent leurs casques, enfourchent leurs vélos et descendent l'allée pour rejoindre une rue bordée d'ormes. Sept minutes plus tard, elles attachent leurs vélos devant le bâtiment en pierre grise.

– Il n'y a personne, aujourd'hui, fait remarquer Alexia en observant les alentours.

D'habitude, les grilles pour garer les vélos sont toutes occupées. Aujourd'hui, elles sont vides.

Laurie se frappe le front du plat de la main : bien sûr, on est dimanche ! La bibliothèque est fermée !

– Zut ! s'écrie-t-elle, frustrée.

Les cours commenceront dès demain, et elle n'avait qu'une journée pour mettre un terme à leur enquête. Outre la limite de temps imposée par Alexia, comment pourra-t-elle faire face à la rentrée scolaire tout en étant possédée ?

– Qu'est-ce qu'on fait, maintenant ? demande-t-elle en se tournant vers Alexia.

Mais son amie n'est plus à côté d'elle.

– Alexia ?

– Je suis ici !

Elle est devant la bibliothèque, le visage appuyé contre la porte vitrée.

– Je pense qu'il y a quelqu'un à l'intérieur.

Laurie se dépêche d'aller la rejoindre. Elle écrase son nez sur le carreau. En effet, il y a de la lumière, et quelqu'un se tient derrière le comptoir de l'accueil.

– Tu vois qui c'est ? se renseigne Laurie en plissant les yeux.

Il n'y a qu'une ou deux lampes allumées ; difficile de voir quoi que ce soit.

– Oh, non ! s'écrie Alexia en reculant d'un bond. C'est lui !

Le sang de Laurie ne fait qu'un tour.

– Le garçon ?

– Mais non, la détrompe Alexia en éclatant de rire. Pas *lui* ! C'est le capitaine Moustache, le bibliothécaire grincheux !

Laurie pousse un soupir déçu. Tant pis.

– Ah…, souffle-t-elle.
– Mais peu importe ! décrète Alexia. Il faut absolument qu'on voie ce film ! C'est maintenant ou jamais !
Et, sans attendre de réponse, elle frappe à la porte.
– Oh là là… Ça va chauffer, marmonne Laurie.
Elle sait d'expérience qu'il manque deux choses au barbu : un rasoir et le sens de l'humour.
L'homme à l'accueil jette un coup d'œil vers la porte, puis il reprend la tâche qui l'occupait. Alexia martèle le battant de plus belle. Le bibliothécaire relève la tête et fronce les sourcils. Il pose le livre qu'il a à la main, avant de s'approcher de la porte.
– Laisse-moi lui parler, chuchote Alexia en redressant les épaules pour se donner une allure combative.
– OK, réplique Laurie d'une voix nerveuse.
Elle n'a pas la moindre envie de se faire disputer par le capitaine Moustache !
L'homme met un temps fou à déverrouiller la porte.
– C'est fermé, dit-il. Vous ne savez pas lire ?
Il désigne une pancarte sur laquelle il est écrit : *FERMÉ LE DIMANCHE.*
– Je sais, répond Alexia. Désolée de vous déranger, mais on a une recherche importante à faire. On est déjà venues hier, mais on n'a pas eu le temps de consulter tous les mircofilms qui nous intéressaient. Est-ce qu'on pourrait entrer ? On ne restera pas longtemps, et on n'empruntera pas de livres…

– C'est fermé, répète l'homme.

Sa moustache grise s'agite quand il parle.

Laurie ajuste la sangle de son sac sur son épaule. Elle fixe une tache sur la chemise de l'homme, découragée. Elle a déjà vu des taches similaires sur les vêtements de son père. Une tache de fruit, probablement de fraise.

« Hum… »

Sans réfléchir, elle plonge la main dans le sac d'Alexia et en sort le pot de confiture que son père a offert à son amie.

– Est-ce que vous nous laisseriez entrer en échange d'un pot de confiture de pêches maison ? propose-t-elle avec un grand sourire, en lui tendant le pot.

Alexia a l'air vexée. « C'est mon pot ! » dit son regard. Laurie essaie de lui faire comprendre par télépathie : « Je t'en donnerai un autre ! »

L'homme observe le bocal, et son expression change :

– De la confiture de pêches, hein ? Ma mère avait l'habitude d'en faire.

Il s'empare du pot et le lève à hauteur de son visage. La confiture jaune orangé scintille presque sous les rayons du soleil.

– Seulement… quelle sorte de pêches ? s'enquit l'homme avec un haussement de sourcils, comme si c'était une question piège.

– Des *Fay Elberta*, réplique aussitôt Laurie. Cueillies vendredi, mises en pot hier.

L'homme referme la main sur le bocal et sourit. Ses yeux bleu clair pétillent de joie.

– Je crois que ce pot de confiture vaut bien une heure dans la salle des microfilms, cède-t-il. Et ce soir, je mangerai de bonnes biscottes avec de la confiture de pêches !

Il fait un clin d'œil et ouvre la porte en grand.

– Merci, dit Laurie, reconnaissante.

Alexia lui emboîte le pas dans la bibliothèque en lui adressant un regard éloquent, qui signifie : « Tu as réalisé un vrai miracle ! » Et les deux filles filent vers la petite pièce où sont rangés les microfilms.

Alexia sort des tiroirs la moitié des bobines qui correspondent à l'année 1998 et les transporte jusqu'à une visionneuse en s'exclamant :

– Bravo ! Mais maintenant, tu me dois un pot de confiture !

– Ne t'inquiète pas ; je sais où en trouver ! réplique son amie.

– Comment as-tu deviné que ça le convaincrait ?

– Il y a une tache de fraise sur sa chemise. Mon père a toujours des taches de ce genre.

Son succès lui donne un peu le vertige. Elle se ressaisit en se rappelant la raison de leur présence ici.

Alexia introduit un film dans la machine, et la démarre.

– Quelle est la date, déjà ?

– Le 13 mars.

Le film défile à une vitesse étourdissante. Alexia relâche un peu la manette, pour ralentir le mouvement, et vérifie les dates sur les unes. 21 février. Elle fait avancer le film. 2 mars. Encore un peu. Laurie sent son pouls qui s'accélère. 18 mars. Alexia fait reculer le film. 14 mars. Encore. 13 mars.

Laurie parcourt fébrilement la une du journal. En gros titre, on peut lire : *La grève des éboueurs a été évitée.* Plus bas, il y a un article sur la fusion de deux entreprises, puis un autre à propos d'un projet de piste cyclable. Rien à propos d'un jeune homme.

Elle pousse un soupir. Elle était certaine que…

– Attends, dit Alexia. Si quelque chose est arrivé le 13, le journal n'en a sûrement pas parlé avant…

– … le lendemain, termine Laurie.

Le cœur battant, elle regarde l'écran pendant qu'Alexia fait doucement avancer le film… Et bientôt, le gros titre est là, sous leurs yeux, qui fait frissonner Laurie : *Une tragique mort accidentelle.* Le visage sur la photo est incontestablement celui du garçon qui ne cesse d'apparaître sur les clichés — la seule différence, c'est qu'il sourit.

– Frédéric Harvey, lit Alexia.

C'est le nom du fantôme qui hante son amie.

« Frédéric Harvey », répète mentalement Laurie.

Elle est heureuse de pouvoir mettre un nom sur ce visage.

D'après l'article, le garçon a fait une chute mortelle le soir du 13 mars 1998, du haut du château d'eau de Phelps. « *En raison de la pluie verglaçante tombée la veille, la structure de métal était particulièrement glissante* », précise le journaliste. Il précise également que Frédéric était enfant unique, et vivait seul avec sa mère, à Phelps. « *Frédéric était un garçon tranquille et réservé, qui réussissait bien à l'école et adorait la photographie.* »

Laurie a la chair de poule tandis qu'elle continue de lire : « *Nous étions si fiers de notre petit Fred, a déclaré sa grand-mère. Il va tant nous manquer !* »

– Pauvre garçon…, commente Alexia. Et tu as vu ça ?

Elle désigne l'article suivant sur l'écran. Son titre : *Le château d'eau de Phelps : précieux monument ou danger public ?* Apparemment, les habitants de Phelps avaient discuté de la démolition du château d'eau bien avant que le garçon n'en tombe. Certains estimaient qu'il s'agissait d'un site historique qu'il fallait conserver. D'autres affirmaient que ce lieu où les adolescents aimaient se retrouver était extrêmement dangereux. Il était probable, selon le journaliste, que la mort de Frédéric Harvey conduise à la démolition de l'édifice.

Tout est donc lié ! La mort de Frédéric a entraîné la destruction du château d'eau ! Cependant, cela n'explique rien… Ça ne fait qu'établir des liens.

Laurie retourne au premier gros titre et observe la photo. Les yeux sombres du garçon sont tout à fait reconnaissables, même sans son air renfrogné. Et, bien qu'elle soit contente de constater qu'il n'a pas toujours été triste, le fait de voir son visage souriant lui fait comprendre à quel point le fantôme est malheureux.

– Fred Harvey, répète-t-elle à voix haute.

– J'ai l'impression d'avoir déjà entendu ce nom, marmonne Alexia. De l'avoir entendu récemment.

Laurie tambourine des doigts sur la table.

– Fred Harvey, Fred Harvey…

Elle ferme les yeux et tente de visualiser la graphie de ce nom. Les lettres apparaissent sous ses paupières closes, en caractères d'imprimerie, comme si elle les avait vues dans un journal. Il s'agit d'une typographie assez travaillée…

Elle ouvre les yeux.

– Le concours de photo ! s'écrie-t-elle. C'est le gars qui a gagné deux années de suite !

Elle se lève d'un bond et attrape le bras d'Alexia :

– Viens vite ! Il faut qu'on retourne à la galerie !

– 10 –

Alexia imprime les deux articles, puis les deux filles sortent de la pièce.

– Merci beaucoup, dit Laurie quand elle passe devant l'homme de l'accueil.

Celui-ci consulte sa montre.

– Vous avez fait vite ! s'étonne-t-il.

Il pose la pile de livres qu'il a en main, pour accompagner les jeunes filles jusqu'à la sortie. Il déverrouille la porte pour les laisser sortir dans l'air doux de ce matin de septembre.

– Dégustez bien votre confiture ! lui lance Alexia, pendant que Laurie détache les vélos.

– Je n'y manquerai pas ! répond le bibliothécaire avec un petit rire, avant de refermer la porte.

– Eh bien, je crois qu'on a brisé la glace avec le capitaine Moustache ! signale Alexia, en attrapant son guidon pour faire sortir son vélo du support métallique.

Laurie, elle, est déjà en selle :

– Dépêche-toi !

Elle pédale si vite qu'elle a du mal à respirer. Mais son corps semble s'être mis en pilotage automatique. Il faut qu'elles aillent à la galerie, c'est tout ce qui compte.

– Qu'est-ce que tu as mis dans tes céréales ? demande Alexia, hors d'haleine, tandis qu'elles foncent dans la rue principale.

– Du lait ! répond Laurie avec un petit rire nerveux.

Enfin, les filles arrivent à destination : la galerie Barloga. Elles freinent en dérapage et, avant qu'Alexia ait eu le temps de sortir les cadenas de son sac, Laurie a couru jusqu'à la porte.

– Vas-y, je m'occupe des vélos ! lui lance Alexia d'un ton sarcastique.

Laurie a déjà disparu à l'intérieur. La salle est silencieuse, à tel point que la jeune fille est certaine qu'on peut entendre les battements de son cœur. Mais elle est seule, dans la galerie d'art.

Alexia entre à son tour, à bout de souffle. Les deux filles se hâtent vers le mur du fond, où sont affichées les photos.

– Fred Harvey, confirme Laurie en lisant une étiquette.

Elle avait raison ! C'est bien lui, c'est bien le même garçon !

– C'était un jeune homme intéressant, fait une voix derrière elles.

Alexia et Laurie sursautent. Comme souvent, Alexia est la première à se ressaisir.

– Vous le connaissiez ? demande-t-elle à l'homme aux cheveux poivre et sel aperçu la veille.

– Oui. En fait, je dirais que je les connaissais tous les deux.

– Tous les deux ? Ils étaient… *deux* ?

– D'une certaine façon…, dit-il avec un gentil sourire. Mais laissez-moi me présenter : je suis M. Barloga, le propriétaire de la galerie. Chaque année, c'est moi qui juge les photos présentées au concours. Je ne regarde jamais le nom du photographe pour choisir le gagnant, parce que je ne veux pas que cela influence ma décision. Bien sûr, je n'avais pas l'intention de récompenser la même personne deux années de suite, et, quand Fred est venu à la galerie pour chercher son prix, la seconde fois, j'ai été stupéfait. D'abord parce que, sans le savoir, j'avais élu deux fois le même artiste, ensuite parce qu'il semblait extrêmement différent. En un an, il avait tellement changé que c'en était saisissant.

– En quoi avait-il changé ? se renseigne Alexia.

– Venez, je vais vous le montrer, répond M. Barloga.

Il s'empare d'un album rempli d'articles de journaux et de photographies, qui semblent tous avoir un rapport avec le concours annuel. Sur la photo qui date de 1996, Fred affiche un large sourire, debout entre ses parents devant son cliché gagnant : celui avec les jambes qui pendent au-dessus du quai. La photo de 1997 est nettement différente. Fred pose avec sa mère à côté de l'image avec la tache de café. Il a une mine renfrognée que Laurie reconnaît. En la regardant, elle a soudain l'impression de se retrouver dans un congélateur ; elle est glacée jusqu'aux os.

– Alors, vous comprenez ce que j'ai voulu dire ? On dirait vraiment une autre personne, n'est-ce pas ? Je ne pouvais vraiment pas me douter que je remettais le prix au même garçon ! S'il ne m'avait pas dit son nom, je ne l'aurais même pas reconnu... Quoi qu'il en soit, il avait beaucoup de talent. Il adorait la photo. Mais, d'après ce que j'ai pu comprendre, ce n'est pas la seule chose qu'il aimait prendre...

– Que voulez-vous dire ?

– Eh bien..., continue M. Barloga d'un ton hésitant. Il y avait des rumeurs, en ville. Quand Fred était dans les parages, des objets avaient tendance à disparaître. De petites choses. Des babioles. Il s'est fait chasser de plusieurs magasins de Narrowsburg, et il ne semblait pas avoir beaucoup d'amis. Mais...

Il s'interrompt, l'air soucieux.

Mais... quoi ? Laurie fixe la photo de l'album, dans l'espoir d'y voir... quelque chose. Alors, en effet, *quelque chose* lui saute aux yeux, aussi évident que le nez au milieu de la figure : le Polaroïd Impulse. Fred porte le Polaroïd autour de son cou ! *Son* Polaroïd ! Ou plutôt, pense-t-elle en regardant le boîtier gris si familier, *son* Polaroïd *à lui*.

Alexia le remarque également et échange un coup d'œil avec son amie.

– De toute façon, ces histoires n'ont plus la moindre importance, aujourd'hui, continue M. Barloga. Ce garçon avait un œil, il n'y a aucun doute là-dessus. C'est vraiment triste qu'il soit mort si jeune.

Laurie observe la deuxième photo. Son expression renfrognée mise à part, Fred a l'air d'un adolescent ordinaire, en jean et T-shirt, avec une casquette de base-ball à l'envers et un sac à dos jaune.

Laurie cligne des yeux. Le sac ! Le sac jaune ! Elle l'a déjà vu, et elle sait parfaitement où ! Tout ce qui lui reste à faire, c'est d'aller le chercher.

-11-

Le car numéro 16 en direction de Phelps est loin d'être bondé. À part Laurie et Alexia, il n'y a que le chauffeur, une femme avec un sac d'épicerie, et un gars qui tape des textos avec une telle férocité qu'on croirait qu'il les envoie en code Morse. Les deux filles ont eu beaucoup de chance. Le numéro 16 ne fait le trajet entre Narrowsburg et Phelps que trois fois par jour, et elles ont pu attraper le deuxième, qui passait devant la galerie après seulement dix minutes d'attente.

– Est-ce que tu crois que je devrais lui emprunter son téléphone pour appeler chez moi et prévenir les parents de notre petite excursion ? demande Laurie en désignant le passager adepte des SMS.

Alexia fronce les sourcils :

– Ce n'est pas nécessaire. On sera de retour avant qu'ils s'aperçoivent qu'on est parties.

Oui, Alexia a raison, songe Laurie : tout va bien se passer. Elle connaît bien Phelps ; c'est à vingt kilomètres à peine de Narrowsburg. Il n'y a pas lieu de s'inquiéter. Les filles seront revenues à temps pour le dîner. Tout de même, Laurie se sent coupable. D'habitude, elle ne part jamais sans avertir ses parents. Seulement, la vérité, c'est qu'elle ne peut pas courir le risque de se voir interdire ce petit périple. Le temps presse, et elle doit absolument mettre la main sur ce sac jaune ! Se rendre en car à Phelps était donc la seule solution.

Même avant qu'Alexia ait fixé une limite de vingt-quatre heures, Laurie avait hâte de résoudre ce mystère. Elle déborde d'impatience depuis son réveil. Elle a l'impression que Fred est juste derrière elle, à chaque instant. Comme si elle marchait avec une forte brise dans le dos. Elle se sent poussée. Peu importe qu'elle *veuille* avancer ou non.

Les filles gardent le silence pendant tout le trajet. Le car fait quelques arrêts pour prendre ou laisser sortir des passagers. La femme au sac d'épicerie descend à un endroit totalement désert, en pleine campagne. Deux adolescents montent, et leurs bavardages se perdent dans les grondements du moteur. Le gars au téléphone n'a bientôt plus de réseau et, dépité, il pose la tête contre le dossier de son siège et se met à ronfler doucement.

Laurie regarde le paysage qui défile derrière la vitre en essayant de ne pas penser à la propriétaire du dépôt-vente, qu'elle va devoir revoir alors qu'elle n'en a pas la moindre envie.

Les pins, les chênes et les érables laissent bientôt la place à des champs. Laurie sent son pouls s'accélérer. Ils approchent.

– C'est ici, non ? s'enquiert Alexia. C'est bien le champ de la photo ?

Laurie colle son visage contre la vitre fraîche. Les champs de fraisiers se ressemblent tous, mais celui devant lequel s'arrête le car lui semble effectivement familier. Elle aperçoit des roses et, à l'autre bout, une petite cabane. Ce pourrait bien être celui-là, mais… il n'y a qu'une façon de s'en assurer.

– Prends une photo, dit Alexia.

Cette suggestion n'était pas nécessaire. Laurie a déjà levé son appareil. Elle pose l'œil contre le viseur et appuie sur le bouton. Elle patiente quelques longues secondes, attrape le cliché du bout de ses doigts tremblants. Le car s'est remis en route. La jeune fille ne quitte pas le carré de papier des yeux.

– Alors ? demande Alexia.

Les deux amies, penchées au-dessus du rectangle gris, attendent que des couleurs apparaissent. Très lentement, le château d'eau commence à prendre forme.

– Il est là ! souffle Alexia.

Laurie se tourne pour observer le champ et s'assurer qu'elle n'a pas perdu l'esprit. Non : dans la réalité, il n'y a pas de château d'eau. Elle le verrait s'élever au-dessus des champs, même à cette distance. Là, tout ce qu'elle voit, c'est le ciel un peu brumeux de septembre.

– Laurie, regarde ! ajoute Alexia. Il est là, *lui aussi* !

Fred vient d'apparaître sur le cliché. Il y est minuscule, debout sur une petite passerelle qui fait le tour du cylindre de métal, au sommet du château d'eau. Aucun doute : c'est bien lui. Sa silhouette est d'ailleurs l'élément le plus net de la photographie. Au lieu de regarder vers l'objectif, comme d'habitude, le garçon fixe quelque chose dans sa main. Une fois de plus, l'expression de son visage est grave.

Laurie déglutit, frappée par une soudaine révélation :

– C'est de là que je suis tombée ! J'étais là-haut !

Alexia lui adresse un regard interloqué :

– Euh... je ne voudrais pas te contredire, mais j'ai du mal à comprendre comment tu as pu être *là-haut* alors que ce château d'eau a été détruit il y a des années...

– Dans mon rêve ! C'était là que je grimpais dans mon rêve ! se hâte de compléter Laurie, de peur qu'Alexia demande au chauffeur de faire demi-tour pour la conduire à l'hôpital psychiatrique.

Fred veut sans doute lui montrer quelque chose, quelque chose qui se trouve là-haut. Mais comment découvrir de quoi il s'agit puisque le château d'eau n'existe plus ?

– On est arrivées, déclare Alexia.

Elle appuie sur le bouton pour demander l'arrêt du car, qui stoppe à l'intersection suivante. Les portes s'ouvrent, et les filles sortent. Le bus émet un drôle de chuintement, avant de s'éloigner dans un nuage de poussière et de fumée. Quand il se dissipe, les filles aperçoivent *Les trésors de Rita*, le dépôt-vente où elles sont allées quelques jours plus tôt. À croire que le magasin les attendait.

Laurie s'arme de courage. Sans échanger un mot, les deux copines remontent la rue. Quand la porte s'ouvre, Laurie pousse un long soupir. Elle n'avait même pas remarqué qu'elle retenait son souffle. Elle ne remarque que maintenant à quel point elle craignait que le dépôt-vente soit fermé… ou même qu'il n'existe pas. Quoique… était-ce une crainte ou un espoir ?

La clochette de la porte retentit. Derrière la caisse, la vieille femme lève la tête et fronce les sourcils. Elle n'a pas l'air ravie de les voir, pas ravie du tout.

– Encore vous, marmonne-t-elle.

Face à cet accueil glacial, Alexia hausse les sourcils et murmure :

– Contente de vous retrouver aussi…

Habituellement, Laurie aurait éclaté de rire et aurait administré un petit coup de coude à son amie. Mais, là, quelque chose l'a prise de court et figée sur place. Elle reste plantée là, à fixer la vieille femme. Il y a quelque chose dans son regard, quelque chose de familier qui paralyse la jeune fille…

Alexia pousse doucement son amie pour la faire avancer de quelques pas.

– Où as-tu vu le sac ? demande-t-elle en arpentant le magasin poussiéreux.

Elle semble à bout de patience.

– Par ici, chuchote Laurie en la conduisant vers l'étagère où elle a trouvé l'appareil photo.

Le sac jaune est toujours là, près d'une pile de vieux *National Geographic*.

– Le voilà ! déclare-t-elle en tendant le bras.

– Ce sac n'est pas à vendre !

La propriétaire les a suivies. Sa voix rauque surprend tant Laurie qu'elle fait tomber plusieurs magazines. Sans prononcer un mot de plus, la femme lui arrache le sac des mains.

–12–

La femme aux cheveux gris est bien plus grande que ne l'aurait cru Laurie. Elle est aussi plus rapide. Mais la jeune fille a de bons réflexes. Sans réfléchir, elle tend la main et se raccroche à une bretelle du sac. Elle doit absolument l'avoir !

Pendant un long moment, toutes deux restent plantées là, tenant chacune une bretelle dans une main et se fixant l'une l'autre droit dans les yeux.

– Euh… Laurie ? intervient prudemment Alexia en reculant de quelques pas. Je crois qu'il est temps de partir.

Laurie n'est pas de cet avis. Elle soutient le regard de la femme. Face à l'intensité de ses yeux sombres, elle éprouve le même sentiment de déjà-vu qu'à l'entrée. Quelque chose de familier, de profond… Mais elle ne parvient pas à mettre le doigt sur cette énigme.

– J'en ai besoin, dit-elle en tirant le sac vers elle.

Elle n'a pas menti. Elle *a besoin* de ce sac, ou de ce qu'il contient. Le regard furieux de la femme fait un peu trembler la jeune fille.

– C'est pour Fred, ajoute Laurie d'une voix hésitante.

À ces mots, le visage de la femme change d'expression, aussi brusquement que le jour où elle lui a vendu le Polaroïd. Laurie a l'impression de voir un nuage passer devant le soleil. La colère ardente fait place à une morne tristesse. La femme lâche la bretelle, et fait un pas en arrière, comme si Laurie l'avait poussée.

« C'était risqué de lui dévoiler la véritable raison de notre venue », songe la jeune fille en attrapant le coude de la femme pour lui éviter de tomber.

– Il a besoin de notre aide, ajoute-t-elle pourtant.

– Fred..., relève la femme dans un souffle, les yeux fermés.

Elle joint les mains, et tient son annulaire gauche en hochant la tête.

– Fred est parti, tu sais..., ajoute-t-elle.

– Je sais, réplique doucement Laurie.

La femme garde les paupières closes. On dirait un enfant qui fait un vœu. Alexia et Laurie échangent un regard inquiet, tandis que la femme rouvre les yeux.

– Je savais qu'il avait besoin d'aide, enchaîne-t-elle. J'aurais tellement voulu être là pour lui !

– Vous le connaissiez ? demande Alexia.

– Bien sûr que je le connaissais. Je m'appelle Rita Harvey. Fred était mon petit-fils.

Soudain, Laurie comprend son impression de déjà-vu. Fred avait les yeux sombres et intenses de sa grand-mère.

– Je crois que des explications s'imposent, déclare Rita. Suivez-moi.

Alexia hausse tant les sourcils qu'ils touchent pratiquement la cravate aux couleurs vives qui lui sert de bandeau. Mais elle suit silencieusement Laurie et la femme, jusqu'à une porte au fond de la boutique, sur laquelle il est écrit : *Entrée interdite.*

– Asseyez-vous, dit Mme Harvey tandis qu'elles pénètrent dans une sorte de petit salon.

Regardant autour d'elle, Laurie aperçoit d'un côté une kitchenette et de l'autre un couloir. La grand-mère de Fred vit sans doute ici, dans les pièces de la bâtisse qui ne servent pas pour la boutique.

Alexia s'installe au bord d'un canapé aux couleurs délavées, en jetant des coups d'œil inquiets aux quatre coins de la pièce. Laurie s'assied à côté de son amie ; elle la sent tendue, prête à fuir. Il est vrai que ce serait l'occasion idéale pour s'échapper : la jeune fille a toujours le sac jaune dans les mains, et Mme Harvey est occupée dans la pièce adjacente. Une porte, à l'extrémité du salon, semble donner sur un petit jardin. Ce serait sûrement facile de s'enfuir par là. Alexia a l'air d'un petit animal piégé ; il est évident qu'elle souhaite désespérément sortir d'ici. Toutefois, elle a promis à son amie de consacrer une journée — *cette* journée — à cette histoire de fantôme. Elles sont si proches de la vérité ! Ce serait vraiment dommage d'abandonner maintenant. Il faut qu'elles restent ici et qu'elles aillent au bout de l'aventure.

Depuis la kitchenette, Mme Harvey lance :

– Je suis désolée si je t'ai effrayée en te reprenant le sac. Même après toutes ces années, il m'est très difficile de me séparer des affaires de Fred. J'ai déjà tellement perdu…

Sa voix s'estompe, remplacée par un bruit de vaisselle.

Les deux copines gardent le silence. Laurie se retient dc toutes ses forces de ne pas ouvrir le sac qui repose sur ses genoux. Elle meurt d'envie de jeter un coup d'œil à l'intérieur. L'indice qui leur manque est peut-être à quelques centimètres d'elle… Mais le sac ne lui appartient pas. Pas encore.

– Il avait ce sac avec lui quand il est tombé, ajoute Mme Harvey d'un ton presque détaché, en entrant dans la pièce avec un plateau chargé de verres de jus de fruit.

Laurie en a la chair de poule.

– Les policiers ont rendu le sac et l'appareil photo à sa mère, poursuit la femme. Mais elle n'a pas eu la force de les garder, et elle les a laissés ici.

Elle dépose le plateau sur la table et s'assied face aux filles, dans un fauteuil au tissu bleu défraîchi.

– Je ne m'étais même pas aperçue que le Polaroïd était dans la boutique. Comme je vis et travaille au même endroit, les objets ont tendance à déborder des deux côtés.

Les filles l'avaient compris. Le salon, quoique petit, ressemble aux couloirs du dépôt-vente, rempli de babioles, de statuettes de porcelaine, de pots à épices assez vieux pour être des antiquités... Le genre d'objets, qui, selon le point de vue, représentent de véritables trésors ou de la camelote.

Quelques photos posées sur une étagère rappellent à Laurie pourquoi elle est venue à Phelps. Elle comprend soudain que, comme le sac à dos, la mémoire de Mme Harvey contient sans doute des informations essentielles.

– Est-ce que je peux vous montrer quelque chose ? demande timidement la jeune fille.

Et elle sort de sa sacoche les photos prises avec le Polaroïd.

Au lieu de répondre, Mme Harvey pose la question qui semble la tracasser depuis qu'elles ont mentionné son petit-fils :

– Comment se fait-il que vous connaissiez Fred ? Il avait environ votre âge quand il est... mort, mais c'était avant votre naissance. Il aurait eu vingt-cinq ans le 4 novembre.

– On a... euh... on a vu ses photos, improvise Alexia.

Laurie, elle, pense qu'il vaut mieux aller droit au but. Elle brandit les photos sur lesquelles Fred est apparu.

– Oui, celles-ci, déclare-t-elle en posant les clichés sur la table et en s'étonnant, une fois de plus, que l'image de Fred soit de plus en plus nette.

Mme Harvey met ses lunettes de lecture et examine attentivement les photos.

– Mais Fred…, dit-elle en dévisageant les filles d'un air perplexe. Il ne peut pas…

Soudain, ses yeux se remplissent de larmes.

– Je sais…, murmure gentiment Laurie. C'est complètement fou. Mais il continue d'apparaître sur mes photos. Je pense… je pense qu'il me hante.

Mme Harvey la dévisage pendant un long moment. Laurie frissonne, mais soutient le regard posé sur elle. Une larme coule sur la joue ridée de la femme.

– C'était un bon garçon, chuchote-t-elle. Mais du genre incompris. Et terriblement timide. Je crois que c'est pour cette raison qu'il aimait tant la photographie. Ça mettait de la distance entre le monde et lui. Il était toujours heureux quand il avait son appareil.

– Il n'a pas vraiment l'air…, l'interrompt Alexia.

Laurie la fait taire d'un coup de coude. Mme Harvey est lancée ; il est préférable de la laisser parler.

– Quand son père est parti, il a arrêté de sourire. Il ne faisait plus confiance à personne et avait du mal à se lier d'amitié. Il m'a même dit un jour qu'il n'avait pas besoin d'amis. Son appareil photo lui suffisait. Bien entendu, c'était faux…

La femme secoue la tête. Laurie boit quelques gorgées de son jus de fruit et Alexia l'imite. Mme Harvey se lève pour se diriger vers une grande étagère en bois. Elle passe le doigt sur une rangée d'albums photo recouverts de vinyle brun. Au-dessus de l'étagère, il y a une petite fenêtre, par laquelle le soleil pénètre à l'intérieur et fait luire de minuscules bouteilles colorées posées sur le rebord. Elles sont alignées les unes contre les autres, et un espace semble indiquer que l'une d'elles est tombée ou a été enlevée.

Mme Harvey s'empare d'un album, retourne s'asseoir dans son fauteuil, et se met à le feuilleter. Alexia tend le cou pour tenter de jeter un coup d'œil. Laurie, elle, ne lâche pas la collection de bouteilles du regard.

– Ce n'est pas le bon album, déclare Mme Harvey.

Elle va le remettre à sa place, et en prend un autre.

Après avoir essayé de résister, Laurie se surprend à lever le Polaroïd devant son visage et à prendre une photo des bouteilles. Alexia la dévisage d'un air estomaqué. L'appareil crache un rectangle gris. Mme Harvey, de dos près de l'étagère, n'a rien remarqué.

– Ah, le voici ! lance-t-elle.

Elle revient avec un album ouvert sur une page remplie de photos. On y voit des clichés typiques des albums de famille : Fred bébé, Fred et sa mère au zoo, Fred admirant une étoile de mer avec son père, Fred fêtant son anniversaire…

Mme Harvey pose l'index sur l'image représentant Fred et son père.

– Sa mère ne l'a jamais vraiment compris, dit-elle d'un ton songeur. Elle est tellement extravertie ! Elle adore la compagnie. Fred ressemblait plus à son père, mon fils. Un solitaire. Toujours la tête dans les nuages. C'est ça, son problème : c'est un rêveur qui ne tient pas en place.

Elle pousse un soupir et tourne la page. Sur la suivante, Fred est plus âgé. À présent, il apparaît seul, parfois avec sa mère. Sur chaque cliché, il a l'air renfrogné.

– Marie a fait du mieux qu'elle a pu, continue de commenter Mme Harvey. Seulement, après la mort de Fred, c'était trop difficile. Elle a tenté de refaire sa vie ici, puis elle a fini par déménager. Elle se sentait terriblement coupable, évidemment. Je ne sais pas si une mère peut se remettre de la mort de son fils. Mais ce n'était pas sa faute. C'était un terrible accident.

De nouveau, les yeux de la femme se remplissent de larmes.

Laurie voudrait détourner le regard de la fenêtre, mais elle n'y arrive pas. Mme Harvey triture nerveusement sa main gauche. Laurie se sent agitée, fébrile, comme si des fils invisibles la contrôlaient, l'obligeaient à… Encore une fois, elle ne sait pas ce qu'on veut la pousser à faire.

Alexia rompt le silence :

– Quand a-t-il commencé à voler des objets ? Est-ce que c'était après…

– Quoi ?! demande Mme Harvey sur un ton peu amène. Rien n'a jamais été prouvé ! Si vous êtes venues ici pour ressortir de vieilles accusations…

Elle referme l'album d'un coup sec et foudroie les filles du regard. Elle prend une grande inspiration avant d'ajouter d'une voix saccadée :

– Fred n'était pas un voleur. Si c'est ce que vous insinuez, vous pouvez partir tout de suite !

Personne ne bouge, même pas Alexia qui, pourtant, meurt d'envie de s'enfuir.

Finalement, la vieille femme pousse un soupir mêlé d'un sanglot, et s'écroule dans son fauteuil. La colère qui s'est emparée d'elle a de nouveau disparu. Elle enfouit son visage dans ses mains.

– Je n'ai jamais cru à ces sornettes ! Je refusais de le croire, marmonne-t-elle en secouant la tête.

– Veuillez m'excuser, madame Harvey, bredouille Alexia. Je ne voulais pas vous offenser.

Elle se tourne vers Laurie et ajoute :

– On devrait peut-être oublier tout ça…

Laurie avale sa salive. Elle a la bouche sèche. Les fils qui semblent la diriger tirent avec plus d'insistance. Elle sent qu'elle va perdre le contrôle…

« Non ! pense-t-elle, désemparée. Ce n'est pas le moment de prendre une photo ! »

Mais l'appareil est déjà devant son œil. Elle appuie sur le bouton et photographie la vieille femme éplorée. Cette dernière lève la tête, alertée par le bruit du Polaroïd. Ses yeux las se remplissent de fureur.

– Partez ! dit-elle d'une voix rageuse.

–13–

– Oh là là ! Quelle histoire !

Tenant Laurie par la main, Alexia l'entraîne sur l'allée de bitume craquelé, en jetant des coups d'œil par-dessus son épaule pour s'assurer que Mme Harvey ne les a pas suivies. Même si elles ne semblent pas en danger, elle ne ralentit pas avant d'être loin du dépôt-vente. Enfin, les deux filles s'arrêtent pour reprendre leur souffle, le dos appuyé contre le mur d'un immeuble inoccupé, et Alexia rit nerveusement. Laurie, elle, ne peut pas rire. Elle peut à peine parler.

– Je... je ne sais pas... pourquoi... j'ai fait ça, bégaie-t-elle. Je n'ai pas pu m'en empêcher. J'avais l'impression d'être... possédée.

Le Polaroïd est toujours suspendu à son cou, et la dernière photo en dépasse comme une langue tirée qui se moquerait d'elle. Elle la sort de l'appareil. L'image est encore plus déprimante que ce à quoi elle s'attendait : c'est un gros plan sur la vieille femme triste et abattue, se cachant du passé derrière ses mains ridées. Ses doigts couvrent son visage et s'enfoncent dans ses cheveux gris comme dans une grosse toile d'araignée. La photo est à la fois belle et sinistre. En la regardant, Laurie a le sentiment d'être elle-même prise au piège dans une toile d'araignée, comme le papillon représenté sur la bague que porte Mme Harvey.

– Hé, le paparazzi ! Tu es une voleuse, en plus ? lance Alexia en désignant le sac jaune accroché dans le dos de Laurie. Tu ne l'as pas payé, il me semble...

Laurie retire la bretelle de son épaule :

– Je... Non, je ne l'ai pas payé. Je l'ai pris, parce que je ne pouvais pas partir sans lui.

– Oh là là ! répète son amie. Tu n'es pas possédée, tu es cinglée !

Elle scrute les deux côtés de la rue, avant d'attirer Laurie à l'intérieur du bâtiment vide. Cachée dans l'obscurité, Laurie se sent comme une fugitive.

– On pourrait aller le lui rendre, chuchote-t-elle.

– Bonne idée, approuve Alexia en voulant prendre le sac pour en finir au plus vite avec cette histoire. Mais c'est toi qui lui expliques...

Laurie retient le sac par la bretelle :

– Non ! Je veux dire qu'on le rendra après avoir regardé ce qu'il y a dedans !

Les grands yeux bruns d'Alexia s'écarquillent, et son visage prend un air suppliant :

– Mais ce serait une effraction ! Euh... ou une infraction ! Peu importe : quelque chose d'illégal ! Ce sac est l'objet d'un vol !

Laurie sait que son amie a raison. Mais maintenant qu'elle a le sac, elle n'a plus le choix. Il faut qu'elle découvre ce qu'il contient. C'est pour cette raison qu'elles sont venues à Phelps.

– Si on le rapporte après, ce sera un emprunt, pas un vol, argumente-t-elle.

Alexia n'a pas l'air convaincue, mais elle cesse de protester.

Les deux filles se mettent à genoux à côté du sac. Laurie tire sur la fermeture Éclair, qui fait un bruit de locomotive dans le silence ambiant. Elle plonge la main à l'intérieur et commence à fouiller. Un par un, elle sort les objets qu'elle trouve et les dépose sur le sol de béton, en essayant de cacher sa déception. Il n'y a pas grand-chose : le mode d'emploi du Polaroïd, une carte scolaire, un carnet à dessins défraîchi et une vieille boîte en fer-blanc décorée comme un coffre au trésor. Le cœur battant, Laurie ouvre la boîte ; elle est vide.

La jeune fille déglutit en tentant de réprimer un sentiment de défaite.

– Bon, on peut y aller, maintenant ? demande Alexia, impatiente. Ces activités illégales me rendent nerveuse !

– Oui, on y va.

Laurie remet les objets dans le sac. Le carnet à la main, elle interrompt son geste. Autant regarder ce qu'il y a dedans ! Elle commence à le feuilleter.

– On devrait peut-être garder ce carnet, dit-elle, si doucement qu'Alexia ne l'entend pas.

De toute façon, elle ne saurait pas comment justifier cette idée si son amie n'était pas d'accord. Mais, tout de même, cette « activité illégale » qui rend Alexia nerveuse n'est rien comparée au fait d'être possédée ! Laurie cache le carnet dans son propre sac, puis referme celui de Fred, et rejoint Alexia à l'extérieur.

Quelques instants plus tard, elles s'approchent du dépôt-vente.

– Je propose qu'on le dépose devant la porte et qu'on se sauve en courant, dit Alexia en ralentissant le pas. Inutile d'ennuyer davantage Mme Harvey.

– Et si quelqu'un d'autre le prend ? objecte Laurie.

Après tout, c'est elle qui l'a... emprunté. C'est à elle de le rendre, avec *presque* tout son contenu !

– Je vais y aller, décide-t-elle.

– Bon, bon, je t'accompagne, cède Alexia, comme si Laurie lui forçait la main.

Elles marchent en silence vers le magasin. Laurie a la tête qui tourne. Elle en a beaucoup appris sur Fred, mais elle ne sait toujours pas pourquoi il la hante. Que veut-il, au juste ?

– Regarde ! C'est fermé ! s'écrie Alexia, l'air soulagée, en s'engageant dans l'allée. On a de la chance !

Un écriteau pend de travers de l'autre côté de la porte vitrée. Si Alexia se réjouit, Laurie, elle, a le cœur serré. En effet, c'est fermé. Apparemment,

Mme Harvey était encore plus bouleversée qu'elle ne le pensait. À tel point qu'elle a plié boutique pour la journée.

Alexia reste en arrière pendant que Laurie dépose le sac sur le pas de la porte.

– Je vais frapper, dit-elle. Juste au cas où…

Elle lève le poing et frappe un seul coup. La porte s'ouvre immédiatement, et le cœur de la jeune fille bondit dans sa poitrine. Mme Harvey a les yeux rouges et une expression redoutable.

– Je suis désolée, je…

Laurie lui tend le sac, ne sachant quoi dire.

La vieille femme s'en empare et le serre contre elle. Elle garde les yeux rivés sur Laurie, qui ne peut s'empêcher de regarder ses mains.

– Votre bague…, bredouille-t-elle. Où est passée votre bague ?

La bague en forme de papillon qu'elle a remarquée sur la photo n'est pas au doigt de Mme Harvey. Sitôt qu'elle a posé cette question, Laurie réalise qu'elle n'a jamais fait attention aux mains de la femme. Cette bague, elle ne l'a vue que sur la photo !

Mme Harvey touche son doigt, au-dessus de l'articulation, là où la bague devrait se trouver. Elle a l'air étonnée… et furieuse.

– J'en ai assez de vos accusations, crache-t-elle. Fred ne me l'aurait jamais volée. Jamais ! C'était son père qui me l'avait donnée quand… Oh, pourquoi vous ne me fichez pas la paix ? Laissez tomber !

Et elle claque violemment la porte, obligeant Laurie à reculer d'un pas. Les derniers mots de la femme en colère résonnent dans sa tête : « Laissez tomber ! » Les larmes lui montent aux yeux. Si seulement elle le pouvait !

–14–

En marchant d'un pas traînant vers l'arrêt du car, Laurie est encore plus démoralisée qu'au début de la journée — elle n'aurait pas cru que c'était possible. Au cours des six dernières heures, elle a quitté la ville sans avertir ses parents, elle a bouleversé une vieille dame — deux fois — et elle a volé un sac et un carnet. Sans compter qu'elle ne sait toujours pas ce que veut Fred, ni, plus important encore, comment faire en sorte qu'il cesse de la hanter !

Elle traîne donc les pieds dans la poussière, le long de la route, en soulevant des nuages brunâtres qui sont tout à fait assortis à son humeur. Alexia est silencieuse, ce qui ne lui ressemble pas. Son attitude indique clairement qu'elle en a assez de ces recherches, de cette quête, de ce fantôme… de toute cette histoire !

– Le dernier autobus passe dans dix minutes, annonce-t-elle après avoir consulté les horaires.

Elle s'adosse contre l'arrêt de bus et désigne quelque chose du doigt :

– Regarde !

De l'autre côté de la rue, un adolescent hirsute vend les dernières framboises de la saison à l'arrière d'une camionnette. C'est le même véhicule que celui qu'elles ont vu à Narrowsburg, deux jours plus tôt. Celui dont la carrosserie est couverte de capsules de bouteille, et dans lequel est apparu Fred.

Les deux copines traversent la rue. Pendant qu'Alexia fouille dans ses poches à la recherche d'argent pour acheter des fruits, Laurie se penche pour examiner la camionnette.

– Ce sont les dernières de la saison, dit le vendeur.

– Combien tu les vends ? se renseigne Alexia.

Laurie les entend à peine. Ce véhicule est une merveille. Chaque centimètre est couvert. Maintenant qu'elle est tout près, elle remarque qu'il n'y a pas que des capsules de bouteille. Il y a aussi des morceaux de céramique, de miroir et de verre coloré, ainsi que de minuscules animaux de plastique, collés ici et là.

– Où as-tu trouvé tous ces trucs ? demande Alexia, pendant que Laurie scrute l'avant de la camionnette.

– Par terre, répond le garçon en souriant. C'est la règle que je me suis fixée : tout ce que je colle sur cette camionnette doit avoir été ramassé par terre. C'est ma façon de recycler !

Alexia éclate de rire.

Laurie, elle, ne sourit même pas. Elle inspecte l'intérieur du véhicule. Un tissu d'occasion est étalé sur le siège, et le tableau de bord est orné d'une multitude de petits objets. La plupart d'entre eux sont moins abîmés que ceux de l'extérieur. Il y a un gecko en plastique avec une patte en moins, des distributeurs de bonbons, des voitures de course miniatures et une foule d'autres babioles. Mais, ce qui capte l'attention de Laurie, c'est une rangée de bouteilles en verre coloré, collées au-dessus de la boîte à gants.

– D'où viennent ces bouteilles ? s'enquiert-elle, retrouvant soudain sa voix.

Le jeune homme passe la tête par la fenêtre pour voir de quoi elle parle.

– Ces bouteilles ? Je les ai trouvées en ramassant des fraises, pas très loin d'ici. Il y en avait tout un tas, et des morceaux de verre aussi. Au milieu du champ du château d'eau, je crois.

Le champ du château d'eau ? Laurie voudrait lui poser d'autres questions. Hélas, à cet instant, le car arrive, et Alexia la tire par le bras. Si elles le ratent, elles auront des explications à fournir…

*

– Prends-en une, insiste Alexia. Allez ! Elles sont *suuuuper* bonnes ! Et j'ai convaincu le gars de me laisser deux paniers pour trois dollars !

Elle agite le petit panier rempli de framboises qu'elle a rincées avec sa bouteille d'eau, sous le nez de Laurie. Elles ont réussi à attraper le car et sont assises à l'arrière.

– Pas faim, marmonne Laurie.

Elle est trop préoccupée pour penser à manger. Elle se sent un peu étourdie, et le cahotement du véhicule n'arrange pas les choses. Il y a tant de questions, et encore si peu de réponses ! Elle a l'impression d'être un hamster dans une roue, qui court éternellement et n'arrive jamais nulle part.

Sans réfléchir, elle sort le carnet à dessins de Fred et se met à le feuilleter.

– Hé, tu as chipé le carnet ? chuchote Alexia, en prenant une autre poignée de framboises avec ses doigts tachés de rouge.

– Ouais. Je pense que Fred voulait que je le prenne, réplique Laurie, sur la défensive. Ça pourrait nous aider.

Cet argument lui semble complètement ridicule, même à elle.

Alexia soupire et continue de manger pendant que Laurie tourne les pages, en espérant que quelque chose lui sautera aux yeux. N'importe quoi. Mais elle ne remarque rien. Il n'y a que des notes griffonnées, des idées que Fred a notées pour ses photos, et quelques dessins.

Au bout de plusieurs minutes, Alexia cesse de manger et devient étrangement silencieuse. Laurie tente d'ignorer le mécontentement de son amie et de concentrer son attention sur le carnet. Le temps presse. Et Alexia lui pardonnera dès qu'elle aura résolu l'énigme, non ?

Le carnet a une vague odeur de moisi. D'après ce qu'elle peut voir, en plus d'être un excellent photographe, Fred était doué pour le dessin. Il représentait surtout des trucs fantaisistes, des dragons et des châteaux — pas vraiment le style d'illustrations qui plaît à Laurie. Toutefois, les scènes sont détaillées et très évocatrices, et la jeune fille est curieuse de découvrir la suite. Un peu plus loin, les feuilles sont couvertes de minuscules natures mortes — des babioles, des bouteilles colorées, par exemple, des vases miniatures ou des figurines. À la fin du carnet, il y a des cartes postales, bien calées entre les pages.

– Regarde, dit Laurie en les tendant à Alexia. Elles viennent de son père.

Son amie les prend en poussant un gros soupir.

Les cartes sont signées : *Papa qui t'aime*. C'est tout. Il n'y a aucun message, aucune information sur le lieu où il se trouve.

Alexia lèche un reste de framboise sur son doigt, puis se penche pour examiner le carnet, intriguée malgré elle.

– Dis donc, il était bon en dessin !

Laurie hoche la tête.

– Et regarde ça, ajoute-t-elle.

Elle revient à une page qu'elle a marquée avec son pouce. Il y a là une illustration au fusain qui a retenu son attention, sans qu'elle sache pourquoi. Il s'agit d'un chevalier sur un destrier cabré. Tous deux se tiennent devant une tour ornée de dessins triangulaires, dont l'angle évoque un peu les piliers du château d'eau. Sur la page d'en face, on voit un dragon crachant du feu. C'est une scène fascinante pour quiconque aime ce genre d'image. Mais ce qui attire Laurie, c'est la fenêtre de la tour. Là où l'on s'attendrait à découvrir une demoiselle en détresse, il n'y a qu'un petit coffre — une version plus grande de la boîte en fer-blanc découverte dans le sac. En bas à droite, le dessin est signé, et il porte même un titre : *En sécurité dans le château.*

En lisant l'écriture oblique de Fred, Laurie se remémore son cauchemar. Elle est loin de se sentir en sécurité.

–15–

Laurie se tourne et se retourne dans son lit. Le dessin de Fred ne cesse de lui trotter dans la tête, mêlé à un tourbillon d'images — le château d'eau, la grand-mère avec le visage dans ses mains, les petites bouteilles sur le tableau de bord de la camionnette, les photos de l'album… C'est comme si elle avait renversé les pièces d'un énorme puzzle sur une table. La quantité de pièces la décourage ! Elle sait qu'elles s'assemblent, mais pour le moment, ce n'est qu'un tas informe.

Les photos de Fred enfant sont celles qui la troublent le plus. Il avait l'air heureux quand il était petit. Laurie se demande comment on se sent quand un parent décide de partir. Ce doit être terrible. Horrible. Et pour un enfant solitaire comme Fred, c'était probablement encore pire.

« Essaie donc de dormir, se dit-elle en fermant les yeux. Il est tard, et demain tu retournes au collège ! »

D'habitude, la veille de la rentrée, Laurie se demande ce qu'elle va porter et pense aux amis qu'elle va retrouver. Mais pas cette année. Cette année, elle a l'esprit confus, et cela n'a aucun lien avec la nervosité d'un premier jour d'école. Dans l'obscurité de sa chambre, elle sent le désespoir l'envahir.

Il lui est impossible d'aider Fred. Jusqu'ici, elle n'a réussi qu'à soulever des questions et encore des questions. Si Alexia tient parole — ce qu'elle fait toujours —, Laurie ne pourra plus compter sur elle pour la soutenir. Elle devra continuer seule. Et encore… si elle réussit à empêcher son amie de lui prendre le Polaroïd !

Quand le soleil matinal illumine enfin sa chambre, elle repousse sa couette et se lève. Un mal de tête lancinant lui tambourine les tempes, et ses muscles sont endoloris, comme si elle avait la grippe. En évitant de piétiner les photos et les papiers qu'elle a étalés par terre la veille, elle va prendre ses vêtements sur sa chaise. En passant devant le miroir, elle constate que sa mine correspond assez bien à son état d'esprit. Ses grands yeux verts sont cernés, et ses taches de rousseur semblent avoir pâli.

– Dommage que ce ne soit pas Halloween, dit-elle, un peu découragée. Je pourrais me déguiser en raton laveur.

Peut-être qu'elle devrait appeler Alexia et lui demander de la maquiller un peu avant les cours ?

En ce moment, elle a plus que jamais besoin de sa meilleure amie.

À cet instant, la porte s'ouvre sur... Alexia !

– Prête pour notre premier jour d... Hou là là ! On dirait que tu n'as pas dormi de la nuit !

Laurie tente de sourire, mais ne parvient qu'à faire une grimace.

– Ça va, dit-elle d'une voix faible.

– Non, ça ne va pas du tout ! Laisse-moi faire : je vais t'arranger ça en une seconde.

Elle passe aussitôt à l'action. À la vitesse de l'éclair, elle ramasse tout ce qui a un lien avec Fred Harvey : les photos, le carnet, les feuilles imprimées à la bibliothèque... Laurie sent monter en elle une panique qui lui compresse les poumons et l'empêche de respirer.

« Voilà, c'est fini », se dit-elle.

Quand Alexia a fini de rassembler tous les objets en rapport avec Fred, elle les range dans son sac. Puis elle fixe Laurie d'un air grave et déclare d'un ton solennel :

– Je t'interdis formellement de repenser à cette histoire sordide.

Elle lève les yeux vers le plafond et ajoute :

– Tu entends ça, Fred ? Voilà, je t'exorcise.

Puis elle sourit à Laurie :

– Tu ne vas pas rater ta cinquième pour un fantôme que tu ne connais même pas !

– Certainement pas, bafouille Laurie.

Cependant, elle est certaine que cette décision ne lui appartient pas. Alexia est peut-être une fille déterminée sur qui on peut compter, mais Fred est un fantôme — un fantôme capable de la hanter et de lui faire faire toutes sortes de choses bizarres, comme voler un carnet…

Alexia pose une main sur sa hanche et tend l'autre d'un air impatient.

– Quoi ? demande Laurie en ouvrant de grands yeux innocents.

Elle fait semblant d'avoir oublié quel était le *deal*, mais elle sait pertinemment qu'elle n'y échappera pas.

– Euh… le Polaroïd, toussote Alexia. Tu sais : celui que tu as promis de me donner !

Laurie protège l'appareil de sa main. C'est bizarre… elle ne se souvenait pas l'avoir passé autour de son cou.

– Ah… Ce vieux truc ? fait-elle d'une voix enrouée.

Alexia s'approche de la commode pour prendre l'appareil numérique qui y est posé et le remettre à son amie en échange.

– Tiens. Tu vois : ça ne t'empêchera pas de prendre des photos. Et, au moins, ça ne sera pas *ses* photos.

– Mais, je…

Laurie se creuse la tête pour trouver quelque chose à répliquer… un argument raisonnable qui lui permettrait de garder le Polaroïd. Sauf qu'il n'y en a pas, parce que rien n'est raisonnable dans le fait d'être possédée.

Malgré la frustration et le ressentiment qui montent en elle, elle oblige ses mains à soulever la sangle par-dessus sa tête. Elle doit vraiment avoir l'air torturée, car avant qu'elle l'ait tout à fait enlevée, Alexia renonce. Enfin… un peu.

– Bon, oublie ça, déclare-t-elle en reposant l'appareil numérique sur la commode. C'est vrai que je ne peux pas te priver de l'instrument qui te permet d'exprimer tes talents artistiques. Mais, alors, je ne veux plus jamais entendre parler de châteaux d'eau ou de fantômes qui ont besoin d'aide. Et tu n'apportes pas cet engin au collège, OK ?

Laurie hoche doucement la tête.

– OK, fait-elle en allant déposer le Polaroïd à côté de l'appareil numérique.

Elle se sent bizarre, un peu fragile, sans son Impulse. Durant les cinq secondes qui suivent, les deux amies gardent le silence. Puis Alexia jette un coup d'œil au réveil de Laurie :

– Hé ! On ferait mieux de se dépêcher ! La cloche va bientôt sonner !

Laurie attrape son sac à dos et s'apprête à suivre son amie dans le couloir. À la dernière seconde, quelque chose l'oblige à se retourner pour reprendre le Polaroïd.

– Merci, Fred, chuchote-t-elle.

Elle a l'impression que le fantôme et elle sont au moins d'accord sur une chose : l'appareil appartient désormais à la jeune fille. Elle le cache au fond de son sac, et se promet de ne pas prendre la moindre photo de toute la journée.

Dans la cuisine, Alexia grimace devant l'air exténué de Laurie et lui met une banane dans les mains.

– Mange ça, dit-elle. Un peu de potassium t'aidera peut-être.

Elle ouvre le frigo et commence à y farfouiller. Elle sort un morceau de fromage et va chercher un peu de pain.

– Pas le temps de le faire griller, commente-t-elle en tendant le tout à son amie. Ça, c'est un petit déjeuner de champion !

Laurie lève un sourcil.

– Oui, bon, peut-être pas, mais ça te permettra de supporter ton premier cours de l'année, et peut-être même de tenir jusqu'à midi.

Avec un rire forcé, Laurie prend la tranche de pain.

– Merci, *maman.*

– Ça me fait plaisir, *fillette,* riposte Alexia en l'entraînant vers la porte.

L'air est encore frais. Devant le collège, Laurie et Alexia saluent un groupe de filles et évitent de justesse Jonathan Martin et ses copains, qui les dépassent sur leurs skateboards. À l'intérieur, c'est le chaos de la rentrée, ce qui signifie que tout est bien plus calme que d'habitude. Les petits nouveaux de sixième ont l'air désorientés et inquiets. Les élèves de quatrième et de troisième sont rassemblés en petits groupes et bavardent avec animation. Même Jonathan et ses copains tiennent leur planche à la main plutôt que de sillonner les couloirs dessus.

– Dans deux semaines, les matins seront complètement différents, prédit Laurie.

Alors, la sonnerie retentit. Les deux filles montent l'escalier parmi la foule d'élèves dociles.

– Ça ne fait aucun doute, confirme Alexia avant d'imiter la voix du directeur : « Aucun élève ne respectera le règlement du collège, il y régnera un vacarme infernal, et des mesures disciplinaires devront être prises ! »

Laurie glousse et se faufile au milieu d'un groupe de nouveaux qui ne savent pas où aller.

« Je suis contente de ne plus être en sixième ! se dit-elle en se remémorant sa nervosité l'année dernière. Avec mon problème de fantôme, j'aurais craqué, c'est sûr ! »

Alexia agite une feuille de papier dans les airs. C'est la lettre que le collège a envoyée aux élèves la semaine précédente pour leur communiquer leurs emplois du temps et leurs numéros de casier.

– Dépêche-toi ! lance-t-elle. Je dois trouver le casier 218 !

Comme l'attribution des casiers se fait par ordre alphabétique, les deux amies n'auront jamais des casiers voisins.

– Moi, j'ai le 242, dit Laurie.

Elles avancent dans le couloir.

– Le mien est ici ! s'exclame Alexia en s'arrêtant.

Laurie regarde les numéros de l'autre côté du couloir. 238, 239, 240, 241…

– On est l'une en face de l'autre ! crie-t-elle pour se faire entendre par-dessus le brouhaha ambiant. Génial !

Elle sort son propre courrier et compose la combinaison du cadenas. Elle s'aperçoit alors que, depuis le départ de la maison, elle se sent plutôt normale. Elle regarde autour d'elle et sourit. Peut-être que le collège est la solution à ses problèmes de fantôme ? Peut-être que Fred va disparaître en même temps que l'été ?

Elle plonge la main dans son sac, en se demandant si elle doit cacher le Polaroïd dans son casier. Elle s'apprête à le sortir, puis se ravise. Puisqu'elle se sent bien, autant ne rien changer, non ?

– Tu es prête ? lui demande Alexia. Qu'est-ce que tu fiches ? Tu as oublié un devoir à rendre pour aujourd'hui ?

Avec un petit rire, Laurie sort la main de son sac. Son pouce se coince dans la sangle de l'appareil photo, la faisant dépasser du sac. Oups ! Elle se mord la lèvre, et attend qu'Alexia fasse un commentaire. Mais la cloche sonne pour la seconde fois. Elles doivent aller en classe, et Alexia ne dit rien.

– On se voit à midi ? murmure Laurie.

– C'est ça, ouais.

Et Alexia s'éloigne. Laurie ferme son casier avant de filer vers sa classe. Elle essaie d'ignorer la sensation glacée nichée au creux de son ventre. Qu'est-ce qui est pire ? Être hantée, ou s'être fait surprendre en train de mentir à sa meilleure amie ?

*

Finalement, Laurie parvient à se concentrer sur ses cours. Ce qui aide, c'est que Mlle Jonas semble être la meilleure prof de littérature du monde, et qu'ils vont lire *Chasing Redbird*, de Sharon Creech, un de ses auteurs préférés. Et aussi que M. Gauvin, le prof de sciences, raconte des choses intéressantes sur les cellules.

Mais quand arrive midi, elle ne pense plus qu'à l'expression d'Alexia lorsqu'elle a vu la sangle de l'appareil photo. Dans la cantine, Laurie scrute la foule à la recherche de son amie. En vain. Elle se met donc dans la file pour acheter son repas. En cherchant sa carte dans son sac, elle effleure des doigts la surface lisse et familière d'un cliché Polaroïd. Sans réfléchir, elle le sort du sac.

Il s'agit de la photo représentant la vitrine de *Joe Comptant.* On y aperçoit le reflet de Fred, dans un coin de la vitrine, l'air toujours aussi grave. Laurie sent la colère monter en elle. Pourquoi ne va-t-il pas hanter quelqu'un d'autre ? Le soleil miroite sur la vitrine, rendant la plupart des objets qui s'y trouvent invisibles, excepté une rangée de bijoux tout illuminée. Et, au centre, il y a un truc bizarre. De quoi s'agit-il ? On dirait une espèce d'insecte…

La jeune fille s'apprête à jeter la photo dans la poubelle la plus proche quand quelque chose retient son attention. Quelque chose qui change tout ! Le sang de Laurie se glace dans ses veines. Non, ce n'est pas un insecte. C'est une bague. Une bague en forme de papillon. La même que celle de Mme Harvey sur la photo.

Laurie relève brusquement la tête et, de nouveau, cherche Alexia des yeux. Puis elle songe que, même si son amie était là, elle ne pourrait pas lui parler de sa découverte. Tout ce qui concerne Fred est devenu tabou.

Il n'y a qu'une chose à faire, et elle doit la faire seule. Elle abandonne son plateau sur une table et se précipite hors de la cantine.

–16–

Une clochette retentit quand Laurie ouvre la porte de l'antiquaire. En entrant, elle frissonne. Elle n'a aucun mal à se souvenir pourquoi elle n'aime pas cet endroit. Ça sent le chat, le moisi et la misère. En fait d'antiquaire, *Joe Comptant* est une sorte de prêteur sur gages : ce sont des gens ruinés qui ont vendu au propriétaire la plupart de sa marchandise.

Avant même que le battant se referme, une femme maigre assise derrière le comptoir jette à la jeune fille un regard hostile.

– Qu'est-ce que tu veux ? lui demande-t-elle.

Laurie enfonce les mains dans les poches de son jean et fait un pas de côté en tendant le cou pour tenter d'apercevoir les bagues poussiéreuses présentées dans la vitrine. La bague-papillon est bien là, entre une autre ornée d'une perle et une troisième, la plus grosse (et la plus affreuse !), sertie d'un faux diamant. Le corps du papillon est une opale allongée. Sous la couche de poussière, on devine les étranges motifs nacrés et multicolores de la pierre. Laurie a toujours aimé l'éclat de l'opale ; on croirait y voir de petits arcs-en-ciel. Les ailes de l'insecte sont bordées d'or et de pierres incrustées.

Neuf personnes sur dix trouveraient cette bague de mauvais goût. La jeune fille, elle, n'arrive pas à la quitter des yeux. Le bijou a une beauté bien à lui, et inspire à Laurie un sentiment de bonheur et de tristesse mêlés. De bonheur, parce la bague est à portée de main. De tristesse, parce que, sans trop savoir pourquoi, elle devine que cette bague est importante, qu'elle manque depuis longtemps à Mme Harvey.

– Combien coûte cette bague ? se renseigne-t-elle.

La femme pousse un grognement et se lève de son tabouret, à contrecœur. Après avoir toisé Laurie de haut en bas, elle semble en arriver à la conclusion que la jeune fille n'a pas assez d'argent pour acheter cette bague. Avec un air un peu ennuyé, elle s'approche de la vitrine, prend le bijou et examine la minuscule étiquette qui y est accrochée.

– Cent cinquante dollars, annonce-t-elle.

Observant la bague avec dédain, elle la remet aussitôt à sa place, sans même laisser à Laurie l'occasion de l'admirer de plus près.

La jeune fille est furieuse. Elle voudrait tenir cette bague dans ses doigts, ne serait-ce que quelques secondes. Mais elle ne proteste pas. À quoi bon ? De toute façon, elle n'a pas cent cinquante dollars à dépenser.

– Merci, dit-elle d'un ton sarcastique.

Elle pourrait presque entendre dans sa tête la voix de sa mère lui reprochant d'être impolie. Seulement, elle ne peut pas s'en empêcher. Elle est déçue, frustrée, épuisée. Et puis, cette vendeuse n'est tellement pas aimable !

La jeune fille fait volte-face et s'apprête à partir.

– J'avais prévenu mon mari qu'on ne vendrait jamais ce bijou, déclare la femme derrière son dos. Je le lui ai dit quand il l'a acheté.

Laurie lâche la poignée de la porte. Elle n'a même pas pensé à demander d'où vient cette bague, ni depuis combien de temps elle est là !

– Vous vous souvenez à qui il l'a achetée ? s'enquit-elle, le souffle court. Est-ce que, par hasard, c'était à un garçon d'à peu près mon âge, il y a longtemps ?

Elle a du mal à imaginer Fred vendant les affaires de sa grand-mère. Mais elle sait que les gens désespérés agissent parfois de façon désespérée. Peut-être avait-il vraiment besoin d'argent ?

– Ça fait un bout de temps, en effet, confirme la femme. Mais le vendeur n'était pas un garçon... En fait, c'était un groupe de garçons. Et ils étaient plus vieux que toi. C'était à l'époque où nous venions d'acheter notre commerce, à la fin des années quatre-vingt-dix. Ils avaient des tas d'objets à vendre. J'ai eu peur qu'il s'agisse d'objets volés, mais ils ont affirmé les avoir trouvés sur un chantier de démolition, à Phelps. C'était louche, mais ce n'est pas mon métier d'enquêter sur les babioles qui passent ici. La première année, on a vendu tout notre stock, sauf cette bague. Ça fait plus de dix ans que cet insecte est dans la vitrine, à prendre la poussière. Il y sera probablement encore quand on partira à la retraite ! Personne ne l'achètera jamais...

La femme se retourne et continue à parler, autant pour elle-même que pour Laurie.

– C'est pour ça que c'est moi qui m'occupe des achats, maintenant, grommelle-t-elle. C'est ce que j'aurais dû faire dès le début...

Elle se rassied sur son tabouret, et un chat roux et blanc saute sur ses genoux.

Laurie est soulagée de retrouver l'air frais du dehors. Elle consulte sa montre. La pause déjeuner se termine dans douze minutes. Si elle veut être à l'heure, elle n'a pas intérêt à traîner !

Elle avance sur le trottoir, alternant marche et pas de course. Ses pensées tournent dans sa tête, au rythme de ses pas. Fred faisait-il partie du groupe de garçons qui a vendu la bague à *Joe Comptant* ? Ça n'avait pas l'air d'être son genre... Néanmoins, il a dû être mêlé à cette histoire.

En tournant à l'intersection, Laurie manque de foncer dans Alexia.

– Hé ! s'écrie-t-elle malgré elle, en rougissant.

Elle n'a pas tenu sa promesse d'oublier tout ce qui concernait Fred, et voilà qu'elle se fait prendre sur le fait — pour la deuxième fois de la journée.

– Tiens, où étais-tu ? demande-t-elle d'un air innocent et désinvolte, comme si elle allait en ville tous les midis.

Une expression coupable apparaît sur le visage d'Alexia, et se dissipe aussitôt.

– Nulle part, répond-elle en haussant les épaules. Et toi ?

Laurie voudrait lui avouer la vérité, mais elle n'ose pas.

– Nulle part, dit-elle.

D'une certaine façon, ce n'est pas faux. Parce que c'est exactement là que la mène cette histoire. Nulle part.

-17-

– Rends-moi ça ! Allez, rends-le moi !

Ces mots résonnent dans la tête de Laurie pendant son sommeil. Dans son rêve, c'est Mme Harvey qui les prononce, par la fenêtre du château. Du moins, Laurie pense qu'il s'agit de Mme Harvey. Est-ce bien elle ? Oui, c'est elle, avec le chapeau de scout d'Alexia sur la tête… Bizarre.

– Je ne voulais pas prendre cet objet ! proteste Laurie.

Mais le vent emporte ses paroles. Et, de toute façon, elle est trop loin. Soudain, une silhouette apparaît au pied du château et avance vers elle. C'est Fred, assis à califourchon, comme sur un cheval, sur le toit d'une camionnette miniature recouverte de capsules de bouteille. Il a le Polaroïd dans les mains et le pointe vers elle, telle une arme. Ses lèvres remuent sur son visage désespéré. Laurie voudrait s'enfuir, mais elle résiste à la tentation. Il faut qu'elle sache ce que Fred a à lui dire. Il s'approche de plus en plus. Elle rassemble tout son courage et oblige ses jambes à rester immobiles. Finalement, elle l'entend.

– Aide-moi, dit-il. Donne-lui ce qu'elle veut.

*

– On doit tout rendre, annonce Laurie en entrant comme un courant d'air dans la chambre d'Alexia.

Elle se sent mal à l'aise, et pour cause : sa meilleure amie et elle ne se sont pas parlé de toute la semaine. Seulement, son dernier cauchemar la pousse à l'action, et elle a besoin du soutien d'Alexia.

Cette dernière est encore au lit. Elle remue à peine sous sa couverture. Laurie jette un coup d'œil à l'horloge sur le mur. Il est 7 heures 32, ce qui est affreusement tôt pour le premier samedi de la rentrée. Et affreusement tôt pour réveiller une amie avec qui elle est en froid…

– Hum… Excuse-moi de te réveiller si tôt, bredouille-t-elle. Mais j'ai besoin de toutes les affaires de Fred pour pouvoir les rendre.

Alexia repousse les couvertures et s'assied sur son lit.

– Enfin ! s'écrie-t-elle en regardant le plafond. Cette fille a retrouvé la raison !

Laurie, penaude, lâche le carton qu'elle a apporté et observe la pièce. C'est une véritable zone sinistrée, avec des objets de toutes sortes entassés un peu partout. Des magazines, des vêtements, des livres, de la vaisselle, encore des vêtements — Laurie en reconnaît certains provenant de leurs expéditions dans les friperies. La commode est recouverte de toutes les sortes de maquillage qui existent : fond de teint, poudre, fards à joues et à paupières, crayons à sourcils et à lèvres, mascara… Le plancher est quasiment invisible.

D'un ton un peu désapprobateur, elle demande :

– Comment t'y retrouves-tu, dans ce fouillis ?

Alexia se lève en bâillant.

– Je ne retrouve jamais rien, admet-elle. Mais ce n'est pas nouveau !

– Eh bien, il faut que tu retrouves le carnet à dessins. Il faut que je le rende… avec l'appareil photo.

– Vraiment ? fait Alexia en haussant un sourcil.

– Oui. Si je veux recommencer à dormir un jour, je n'ai pas le choix.

– Bon. Et ton fantôme ?

– Je crois que c'est ce qu'il veut.

– Excellente nouvelle ! se réjouit Alexia.

Puis elle prend une expression consternée :

– Mais alors, qu'est-ce que tu vas faire de toutes les pellicules que tu as chez toi ?

– Je ne sais pas. Peut-être les donner. Je déciderai plus tard. Pour l'instant, je dois récupérer ces trucs. Alors… tu sais où tu l'as mis ?

Elle continue d'observer les alentours, un peu inquiète.

– Bien sûr que je le sais ! rétorque Alexia, offensée.

Elle traverse la chambre en zigzaguant entre les objets, puis, après avoir déplacé une pile de livres, ouvre la porte de son placard et disparaît à l'intérieur. Une seconde plus tard, elle en ressort avec des photos, des papiers et un carnet.

– Tiens !

– Tu peux jeter les photos, dit Laurie en s'emparant du carnet.

Elle le dépose dans le carton, aussi vite que s'il lui brûlait les doigts. Puis, avant de changer d'avis, elle place le Polaroïd dessus, ajoute du papier journal chiffonné, et referme la boîte.

– Est-ce que tu as du scotch ? demande-t-elle à son amie.

– Oui, au rez-de-chaussée, répond Alexia.

Elle sort un jean d'un tas de vêtements. Elle retire son T-shirt et enfile un chemisier turquoise. Les couleurs vives vont bien avec son teint foncé. Elle vérifie l'état de ses tresses dans le miroir, hoche la tête d'un air satisfait, se met du gloss, puis, enjambant quelques obstacles, se dirige vers la porte.

Alexia déniche un rouleau de scotch et une étiquette dans le bureau.

– Il n'y a plus qu'à trouver l'adresse, déclare-t-elle.

Elle se connecte à Internet et tape les mots « Les trésors de Rita » et « Phelps » dans un moteur de recherche. Un instant plus tard, l'adresse apparaît à l'écran.

Bientôt, le colis est prêt à partir. Laurie éprouve un petit pincement au cœur, qu'elle tente de réprimer en se remémorant son rêve. Même si elle adore le Polaroïd, elle est consciente qu'elle doit le rendre. N'est-ce pas ce que Fred — et Mme Harvey — lui ont demandé ?

– Je vais tout de suite le déposer à la poste, puis j'irai manger un morceau *Chez Sam.*

Elle est étrangement embarrassée en ajoutant :

– Tu viens avec moi ? Je t'invite ; c'est la moindre des choses…

Ce ne sont pas tout à fait des excuses, mais elle espère qu'Alexia comprend son intention. Cette dernière sourit en se léchant les babines :

– Miam, bonne idée ! Je vais commander des crêpes à la ricotta. Allons-y !

Laurie passe l'après-midi à aider son père à préparer des confitures avec les dernières pêches. Les mains plongées dans un bol de *O'Henry* blanchies, elle retire la peau veloutée des fruits pour révéler la chair succulente. Les doigts trempés de jus et les narines remplies de l'odeur ensoleillée des pêches bien mûres, elle ne peut toutefois pas chasser au creux de son ventre le nœud glacial qui refuse de se réchauffer.

Elle soupire en silence. Elle pensait que, dès qu'elle aurait posté l'appareil photo et le carnet, tout s'arrangerait. Mais, sans le Polaroïd autour du cou, elle se sent… vulnérable. Et triste. Bien sûr, elle est heureuse de s'être réconciliée avec son amie, mais, pour le reste, rien n'est réglé. Et ses pensées ne cessent de revenir à Fred. Va-t-il obtenir l'aide dont il a besoin ?

– Zut, alors ! lance soudain le père de Laurie.

Il frappe le comptoir du plat de la main, ce qui fait sursauter sa fille. Elle lève les yeux de son tas de fruits.

– Il n'y a pas assez de pêches, râle-t-il. Il faut qu'on aille en acheter. Alors, que dirais-tu d'une petite promenade à Phelps ? Il leur en reste peut-être ? On n'aura qu'à y aller demain matin.

Laurie sent un frisson la parcourir. Elle secoue la tête :

– Non, merci. Demain… euh… j'ai d'autres projets.

C'est faux, elle n'a rien de prévu pour le lendemain. Mais elle ne veut pas retourner à Phelps. Ni demain ni jamais.

Elle pèle la dernière pêche et la met dans le bol. Le tas de fruits luisants et juteux est impressionnant.

– Tu veux que je fasse autre chose ? demande-t-elle.

– Non, c'est gentil. Je vais juste écraser celles-ci et les mettre au frigo jusqu'à demain.

Laurie se sent d'humeur morose tandis qu'elle se rince les mains dans l'évier. Ensuite, elle monte doucement l'escalier, jusqu'à sa chambre. Elle se laisse tomber sur son lit et regarde le ciel sans nuages par la fenêtre. C'est une journée magnifique, à la fois fraîche et ensoleillée. Pourtant, la jeune fille est mélancolique. Elle a le cœur lourd comme du plomb. Elle a fait exactement ce que Fred et sa grand-mère lui demandaient dans son rêve. Alors, pourquoi ne se sent-elle pas mieux ?

Elle cesse d'observer le ciel et se retourne vers sa table de chevet, où repose la seule photo qu'Alexia ne lui a pas confisquée. C'est celle de la vitrine de *Joe Comptant*. Elle la prend et l'étudie pour la centième fois. La bague est toujours là. En examinant le cliché, Laurie discerne soudain un détail qui lui avait échappé…

Fred est sur la photo ; ça, elle le savait déjà. Mais elle remarque maintenant qu'il a la main en coupe, comme s'il tenait quelque chose. Pourtant, sa paume est vide. Son regard intense, rempli d'envie, est fixé sur la bague-papillon. « Aide-moi. Donne-lui ce qu'elle veut. » Dans la tête de Laurie, la voix du garçon est plus claire que jamais.

–18–

Le samedi suivant, Laurie rejoint Alexia *Chez Sam*.

– Alors, quelle est cette fameuse surprise ? demande-t-elle à son amie en s'asseyant près d'elle.

Alexia semble sur le point d'exploser. Elle désigne la porte sans prononcer un mot.

– Quelqu'un va arriver ? tente de deviner Laurie.

Alexia secoue la tête.

– Il y a quelqu'un dehors ? essaie encore Laurie, un peu frustrée.

Elle n'est pas douée pour les devinettes.

Alexia fait signe que non.

– J'abandonne..., souffle Laurie.

Elle voit bien que son amie est excitée, et elle aimerait se réjouir aussi. Seulement, elle n'a pas beaucoup dormi, cette nuit. Elle a fait de son mieux pour se convaincre qu'elle était débarrassée de Fred, qu'elle avait fait son possible pour l'aider. Mais l'image de la bague et la réplique du garçon ne cessent de la hanter.

« Tu n'as pas cent cinquante dollars à dépenser ! se répète-t-elle. Et il est hors de question de voler cette bague ! »

L'épisode du sac l'a suffisamment marquée pour qu'elle ne veuille pas recommencer. Et, de plus, *Joe Comptant* a pris toutes les précautions nécessaires contre le vol.

– Le concours ! Le concours ! finit par s'exclamer Alexia, incapable de garder la nouvelle pour elle plus longtemps. Tu as gagné le concours !

Elle montre du doigt l'affiche collée sur la porte.

Laurie fixe son amie, incrédule et bouche bée.

– C'est impossible, murmure-t-elle enfin. Je ne suis même pas inscrite.

– Si, tu l'es ! J'ai envoyé une de tes photos, le jour de la rentrée. Et ils l'ont choisie ! Tu as gagné !

Laurie se tait pendant un moment. Elle tente de digérer l'information. Le premier prix s'élève à deux cents dollars. C'est une grosse somme. Elle n'a jamais eu autant d'argent. Et c'est une somme bien suffisante pour ce qu'elle doit faire.

Même si elle s'y attendait, le bruit de la clochette fait sursauter Laurie. Elle entre d'un pas chancelant dans le magasin mal éclairé. Elle est essoufflée d'être allée jusque chez elle à vélo pour parler à son père, puis d'être revenue dans le centre-ville en pédalant. Mais elle est euphorique parce que son père, après avoir découvert l'annonce de la photo gagnante, a accepté de lui avancer le montant du prix. Elle a donc deux cents dollars en poche.

– J'aimerais acheter la bague, dit-elle à la vendeuse.

Celle-ci lève la tête, surprise.

– Tu veux dépenser cent cinquante dollars pour cette horrible bague en forme d'insecte ? demande-t-elle, incrédule.

Le sourire de Laurie s'étire d'une oreille à l'autre.

– Je n'ai pas dit ça…

–19–

– Elle est là ! Elle est là ! s'écrie Alexia en tirant son amie par le bras pour l'entraîner vers le mur de photos.

Ce n'est pas facile, car la galerie fourmille de gens qui grignotent des amuse-gueules et sirotent du vin et de l'eau pétillante dans des gobelets en plastique.

Laurie, étourdie, se laisse guider à travers la pièce bondée. Soudain, Alexia s'immobilise et, en souriant au couple âgé qui se dirige vers la photo gagnante, elle chuchote à son amie :

– Sois naturelle !

Laurie se mord la lèvre et essaie de prendre l'air qu'elle imagine être celui d'une artiste — créative, branchée, distante. Elle a l'impression d'être exactement le contraire.

– C'est elle qui a gagné ! s'exclame Alexia.

– Félicitations, déclare la dame aux cheveux blancs. J'adore ta photo. Si émouvante, si réaliste.

Dis-moi, est-ce que ton modèle a dû prendre la pose longtemps ?

Laurie lui adresse un sourire lumineux :

– Non, la photo a été prise à son insu. Je devais absolument immortaliser ce moment.

– C'est merveilleux, intervient l'homme, avant que sa femme et lui s'éloignent.

– Viens, la voie est libre ! dit Alexia en tirant de nouveau son amie par le bras.

L'image de la détresse poignante de Mme Harvey n'est plus un simple petit carré Polaroïd. Agrandie et encadrée, elle occupe désormais la place d'honneur sur le mur de la galerie. Laurie contemple son cliché et sourit malgré la tristesse du thème. C'est la meilleure photo qu'elle ait jamais prise. Elle est fière — fière de la photo et fière d'avoir aidé Fred. Enfin, elle est libérée du fardeau qui pesait sur ses épaules.

Tout de même, en observant le cliché, elle éprouve un petit pincement au cœur. L'appareil qui a servi à le créer, le Polaroïd Impulse de Fred, est parti pour toujours.

– Ne t'en fais pas, on en trouvera un autre, déclare Alexia, qui a deviné ses pensées. J'en ai vu un sur eBay, hier, à quarante dollars. D'après mes calculs, c'est à peu près ce qui doit te rester après avoir acheté la bague. Qui, soit dit en passant, était bien trop chère…

Laurie esquisse un petit sourire espiègle :

– En fait, il me reste un peu plus que ça.

– C'est vrai ? s'écrie Alexia, stupéfaite. Tu as marchandé ? Chez *Joe Comptant* ?

Les yeux pétillants, elle dévisage son amie avec une admiration sans borne.

– À combien l'as-tu eue ?

– Cent vingt-cinq, répond crânement Laurie.

Alexia éclate de rire :

– On dirait que nous avons une nouvelle reine de la négociation parmi nous !

– Excusez-moi, mesdemoiselles…

La voix a fait sursauter les deux jeunes filles.

– Souriez !

Elles se retournent et aperçoivent Mme Harvey, très élégante, qui braque un Polaroïd — celui de Fred — dans leur direction. Un grand sourire illumine son visage, et elle porte la bague-papillon à son doigt.

Laurie lui sourit en retour, tandis que la vieille femme appuie sur le déclencheur. Mme Harvey a dû trouver son cadeau la veille, sur le pas de sa porte, bien enveloppé dans le dépliant annonçant la date du vernissage.

Dès que le cliché sort de l'appareil, Mme Harvey retire la sangle de son cou et la passe à celui de Laurie.

– Fred voudrait que tu l'aies, déclare-t-elle d'un ton chaleureux.

Elle recule d'un pas et tourne la bague autour de son doigt. Le bijou nacré luit sous les lumières de la galerie, projetant des éclats multicolores.

– Et il voudrait que vous ayez cette bague, ajoute Laurie. Je ne crois pas qu'il avait l'intention de vous la voler. Il voulait la mettre en sécurité, et puis…

– Oui, je sais, la coupe Mme Harvey, les yeux brillants de larmes.

Laurie comprend. La vieille dame est heureuse d'avoir retrouvé sa bague, mais elle l'échangerait sans hésiter contre quelques instants avec son petit-fils bien-aimé — quelques instants durant lesquels elle pourrait lui dire qu'elle lui pardonne d'avoir pris la bague, et qu'elle l'aimera toujours.

La jeune fille attrape la main de Mme Harvey.

– Il sait à quel point vous l'aimez, chuchote-t-elle.

La vieille femme hoche la tête.

– Je ne pourrai jamais assez te remercier de l'avoir aidé, ajoute-t-elle. De nous avoir aidés.

Laurie sent le poids familier du Polaroïd sur sa poitrine, et constate que le nœud glacial au creux de son ventre a disparu, remplacé par une intense sensation de chaleur.

Alexia se balance sur ses talons, observant tour à tour Mme Harvey et Laurie.

– Alors, tu peux garder le Polaroïd de Fred ? finit-elle par demander.

Laurie reconnaît la lueur obsessionnelle qui vient de s'allumer dans les yeux de son amie. Elle l'a déjà vue des dizaines de fois.

– Donc, ça signifie… ce que je pense ? enchaîne Alexia, incapable de réprimer son excitation.

– Oui, ça veut dire qu'il me reste de l'argent à dépenser.

– Youpi ! On va faire la tournée des dépôts-ventes ! s'écrie Alexia en sautillant sur place.

– Je vous offre un rabais de 20 % sur tout mon magasin ! pouffe Mme Harvey.

– Vendu ! réplique Alexia en lui serrant la main pour sceller leur accord.

Laurie découvre la photo qui vient de sortir du Polaroïd. On y voit Alexia et elle, le sourire aux lèvres. Et, sur la vitre qui protège sa photo gagnante se reflète un troisième visage — celui de Fred. Mais, au lieu d'avoir l'air sombre, le fantôme triste a maintenant un sourire radieux.

Composé par Nord Compo Multimédia
7, rue de Fives, 59650 Villeneuve-d'Ascq